朱自清经典作品集

朱自清 著

花山文艺出版社
河北·石家庄

图书在版编目（ＣＩＰ）数据

朱自清经典作品集 / 朱自清著. -- 石家庄 ： 花山
文艺出版社，2018.4（2024.6 重印）
ISBN 978-7-5511-3876-5

Ⅰ．①朱… Ⅱ．①朱… Ⅲ．①散文集－中国－现代
Ⅳ．①I266

中国版本图书馆CIP数据核字（2018）第048913号

书　　名：**朱自清经典作品集**
ZHU ZIQING JINGDIAN ZUOPIN JI

著　　者：朱自清

策　　划：张采鑫
责任编辑：于怀新
特约编辑：李文生
装帧设计：北京九洲鼎图书有限公司
美术编辑：王爱芹
出版发行：花山文艺出版社（邮政编码：050061）
　　　　　（河北省石家庄市友谊北大街330号）
销售热线：0311-88643299/96/17
印　　刷：三河市中晟雅豪印务有限公司
经　　销：新华书店
开　　本：710mm×1000mm　1/16
印　　张：10
字　　数：110千字
版　　次：2018年6月第1版
　　　　　2024年6月第3次印刷
书　　号：ISBN 978-7-5511-3876-5
定　　价：49.80元

朱自清虽则是一个诗人，可是他的散文仍能满贮着那一种诗意。文学研究会的散文作家中，除冰心女士外，文章之美，要算他。

——郁达夫

朱自清的成功之处是，善于通过精确的观察，细腻地抒写出对自然景色的内心感受。

——林非

每回重读佩弦兄的散文，我就回想起倾听他的闲谈的乐趣，古今中外，海阔天空，不故作高深而情趣盎然。我常常想，他这样的经验，他这样的想头，不是我也有过的吗？在我只不过一闪而逝，他却紧紧抓住了。他还能表达得恰如其分，或淡或浓，味道极正而且醇厚。

——叶圣陶

他明辨是非，爱憎分明，在衰病的晚年，终于有了明确的立场，抬起头来，挺起脊梁，宁肯饿死，坚决拒绝敌人的"救济"，这种品德，这种气节，是值得我们今天学习的。

——吴晗

在当时的作家中，有的从旧垒中来，往往有陈腐气；有的从外国来，往往有太多的洋气，尤其是往往带来了西欧世纪末的颓废气息。朱（自清）先生则不然，他的作品一开始就建立了一种纯正朴实的新鲜作风。

——李广田

序

  中华人民共和国成立几十年来，语文教学实现了由"语文教学大纲"到"语文课程标准"再到"语文核心素养"的三级跳远。如果说"语文教学大纲"解决了森林的每棵树是什么的问题，那么，"语文课程标准"就解决了由树成林的整体观是什么样子的问题，而"语文核心素养"则解决了树如何成林、成林后有什么用处的大问题。

  在"语文教学大纲"时代，传递一个一个的知识点是教学的重要任务，于是文章里的知识点在课堂上被一一讲解，学生虽掌握了知识点却难免"只见树木不见森林"。"语文课程标准"的颁布实施，让语文教学前进了一大步，真正把语文教学放在"课程"里整体思考，整体设计教学思路，将知识、能力、情感、态度、价值观融为一体统筹安排，但其终极目标还不够清晰。"语文核心素养"是在全面落实"立德树人"教育目标下提出来的，旨在通过语文自有的教育功能为当代合格青少年的成长过程提供必要的养料和条件。

  什么是"语文核心素养"？北京师范大学资深教授王宁认为，语文核心素养是学生在积极主动的语言实践活动中构建起来，并在真实的语言运用情境中表现出来的个体语言经验和言语品质；是学生在语文学习中获得的语言知识与语言能力、思维方法和思维品质，是基于正确的情感、态度和价值观的审美情趣和文化感受能力的综合体现。简言之，语文核心素养包含四个关键词，即语言、思维、审美和文化。

  我们为什么要阅读经典，如何阅读经典，它和语文核心素养的养成有什么关系？

我们可以站在阅读经典这个制高点上，去回首我们的过去的经历，评判我们的得失；也可以以更加开阔的视野瞭望世界，"极目楚天舒"。这说明"读什么"比"怎么读"更为重要。

　　中外经典繁多。中国古代文学是一座宝库，但阅读它们需要掌握一定的知识和能力，需要有适合的导读和引领。中国现代文学离我们不太遥远，其所处时代的特殊性给我们的阅读提供了多种可能性。因此，在几年前"经典阅读与中学语文教学"课题被中国教育学会中学语文教学专业委员会批准立项时，课题组就锁定中国现代文学经典作为研究对象。这些经典，不仅有20世纪二十至四十年代冲破铁屋子的呐喊、落后与苦难下的坚守、民族存亡的抗争，也有中华人民共和国成立的喜悦和人民投身火热建设中的豪情，作品中表现的家国情怀无不令人动容。通过阅读这些经典，学习作家们的语言运用技巧，以积累好词好句，提升自己的语言建构与运用能力；学习作家们批判与发现的精神，以促进自己的思维发展与提升；学会欣赏和评价作家们的作品，以培养自己的审美鉴赏与创造能力；学习作家们对中外文化的包容、借鉴、继承，以加强自己对文化的传承与理解。

　　最后借用我国著名作家王蒙先生的话与读者共勉：读书的亮点在于照亮生活，生活的亮点包括积累智慧与学问。生活与读书是互见、互证、互相照耀的关系。用脑阅读，用心阅读！用阅读攀登精神的高峰！

目录

桨声灯影里的秦淮河

　　一九二三年八月的一晚，我和平伯同游秦淮河；平伯是初泛，我是重来了。我们雇了一只"七板子"，在夕阳已去，皎月方来的时候，便下了船。于是桨声汩——汩，我们开始领略那晃荡着蔷薇色的历史的秦淮河的滋味了。

　　秦淮河里的船，比北京万牲园、颐和园的船好，比西湖的船好，比扬州瘦西湖的船也好。这几处的船不是觉着笨，就是觉着简陋、局促；都不能引起乘客们的情韵，如秦淮河的船一样。秦淮河的船约略可分为两种：一是大船；一是小船，就是所谓"七板子"。大船舱口阔大，可容二三十人。里面陈设着字画和光洁的红木家具，桌上一律嵌着冰凉的大理石面。窗格雕镂颇细，使人起柔腻之感。窗格里映着红色蓝色的玻璃；玻璃上有精致的花纹，也颇悦人目。"七板子"规模虽不及大船，但那淡蓝色的栏杆，空敞的舱，也足系人情思。而最出色处却在它的舱前。舱前是甲板上的一部。上面有弧形的顶，两边用疏疏的栏杆支着。里面通常放着两张藤的躺椅。躺下，可以谈天，可以望远，可以顾盼两岸的河房。大船上也有这个，便在小船上更觉清隽罢了。舱前的顶下，一律悬着灯彩；灯的多少，明暗，彩苏的精粗，艳晦，是不一的。但好歹总还你一个灯彩。这灯彩实在是最能勾人的东西。夜幕垂垂地下来时，大小船上都点起灯火。从两重玻璃里映出那辐射着的黄黄的散光，反晕出一片朦胧的烟霭；透过这烟霭，在黯黯的水波里，又逗起缕缕的明漪。在这薄霭和微漪里，听着那悠然的间歇的桨声，谁能不被引入他的美梦去呢？只愁梦太多了，这些大小船儿如何载得起呀？我们这时模模糊糊地谈着明末的秦淮河的艳迹，如《桃花扇》及《板桥杂记》里所载的。我们真神往了。我们仿佛亲见那时华灯映水、画舫凌波的光景了。于是我们的船便成了历史的重载了。我们终于恍然秦淮河的船所以雅丽过于他处，而又有奇异的吸引力的，实在是许多历史的影像使然了。

秦淮河的水是碧阴阴的；看起来厚而不腻，或者是六朝金粉所凝吗？我们初上船的时候，天色还未断黑，那漾漾的柔波是这样的恬静，委婉，使我们一面有水阔天空之想，一面又憧憬着纸醉金迷之境了。等到灯火明时，阴阴的变为沉沉了：黯淡的水光，像梦一般；那偶然闪烁着的光芒，就是梦的眼睛了。我们坐在舱前，因了那隆起的顶棚，仿佛总是昂着首向前走着似的；于是飘飘然如御风而行的我们，看着那些自在的湾泊着的船，船里走马灯般的人物，便像是下界一般，迢迢的远了，又像在雾里看花，尽朦朦胧胧的。这时我们已过了利涉桥，望见东关头了。沿路听见断续的歌声：有从沿河的妓楼飘来的，有从河上船里渡来的。我们明知那些歌声，只是些因袭的言辞，从生涩的歌喉里机械的发出来的；但它们经了夏夜的微风的吹漾和水波的摇拂，袅娜着到我们耳边的时候，已经不单是她们的歌声，而混着微风和河水的密语了。于是我们不得不被牵惹着，震撼着，相与浮沉于这歌声里了。从东关头转弯，不久就到大中桥。大中桥共有三个桥拱，都很阔大，俨然是三座门儿；使我们觉得我们的船和船里的我们，在桥下过去时，真是太无颜色了。桥砖是深褐色，表明它的历史的长久；但都完好无缺，令人太息于古昔工程的坚美。桥上两旁都是木壁的房子，中间应该有街路？这些房子都破旧了，多年烟熏的迹，遮没了当年的美丽。我想象秦淮河的极盛时，在这样宏阔的桥上，特地盖了房子，必然是髹漆得富富丽丽的；晚间必然是灯火通明的。现在却只剩下一片黑沉沉！但是桥上造着房子，毕竟使我们多少可以想见往日的繁华；这也慰情聊胜无了。过了大中桥，便到了灯月交辉，笙歌彻夜的秦淮河；这才是秦淮河的真面目哩。

　　大中桥外，顿然空阔，和桥内两岸排着密密的人家的大异了。一眼望去，疏疏的林，淡淡的月，衬着蓝蔚的天，颇像荒江野渡光景；那边呢，郁葱葱的，阴森森的，又似乎藏着无边的黑暗：令人几乎不信那是繁华的秦淮河了。但是河中眩晕着的灯光，纵横着的画舫，悠扬着的笛韵，夹着那吱吱的胡琴声，终于使我们认识绿如茵陈酒的秦淮水了。此地天裸露着的多些，故觉夜来的独迟些；从清清的水影里，我们感到的只是薄薄的夜——这正是秦淮河的夜。大中桥外，本来还有一座复成桥，是船夫口中的我们的游踪尽处，或也是秦淮河繁华的尽处了。我的脚曾踏过复成桥的脊，在十三四岁的时候。但是两次游秦淮河，却都不曾见着复成桥的面；明知总在前途的，却常觉得有些虚无缥缈似的。我想，不见倒也好。这时正是盛夏。我们下船后，借着新生的晚凉和河上的微风，暑气已渐渐消散；到了此地，豁然开朗，身子顿然轻了—— 习习的清风荏苒在面上，手上，衣上，这便又感到了一缕新凉了。南京的日光，大概没有杭州猛烈；西湖的夏夜老是热蓬蓬的，水像沸着一般，秦淮河的水却尽是这样冷冷地绿着。任你人影的憧憧，歌声的扰扰，总像隔着一层薄薄的绿纱面幂似的；它尽是这样静静的，冷冷的绿着。我们出了大中桥，走不上半里路，船夫便将船划到一旁，停了桨由它宕着。他以为那里正是繁华的极点，再过去就是荒凉了；所以让我们多多赏鉴一会儿。他自己却静静地蹲着。他是看惯这光景的了，大约只是一个无可无不可。这无可无不可，无论是升的沉的，总之，都比我们高了。

　　那时河里闹热极了；船大半泊着，小半在水上穿梭似的来往。停泊着的都在近市的那一边，我们的船自然也夹在其中。因为这边略略的挤，便觉得那边十分的疏了。在每一只船从那边过去时，我们能画出它的轻轻的影和曲曲的波，在我们的心上；这显着是空，且显着是静了。那时处处都是歌声和凄厉的胡琴声，圆润的喉咙，确乎是很少的。但那生涩的，尖脆的调子能使人有少年的，粗率不拘的感觉，也正可快我们的意。况且多少隔开些儿听着，因为想象与渴慕的作美，总觉更有滋味；而竞发的喧嚣，抑扬的不齐，远近的杂沓，和乐器的嘈嘈切切，合成另一意味的谐音，也使我们无所适从，如随着大风而走。这实在因为我们的心枯涩久了，变为脆弱；故偶然润泽一下，便疯狂似的不能自主了。但秦淮河确也腻人。即如船里的人面，无论是和我们一堆儿泊着的，无论是从我们眼前过去的，总是模模糊糊的，甚至渺渺茫茫的；任你张圆了眼睛，揩净了眦垢，也是枉然。这真够人想呢。

在我们停泊的地方，灯光原是纷然的；不过这些灯光都是黄而有晕的。黄已经不能明了，再加上了晕，便更不成了。灯愈多，晕就愈甚；在繁星般的黄的交错里，秦淮河仿佛笼上了一团光雾。光芒与雾气腾腾的晕着，什么都只剩了轮廓了；所以人面的详细的曲线，便消失于我们的眼底了。但灯光究竟夺不了那边的月色；灯光是浑的，月色是清的，在混沌的灯光里，渗入了一派清辉，却真是奇迹！那晚月儿已瘦削了两三分。她晚妆才罢，盈盈地上了柳梢头。天是蓝得可爱，仿佛一汪水似的；月儿便更出落得精神了。岸上原有三株两株的垂杨树，淡淡的影子，在水里摇曳着。它们那柔细的枝条浴着月光，就像一只只美人的臂膊，交互的缠着，挽着；又像是月儿披着的发。而月儿偶然也从它们的交叉处偷偷窥看我们，大有小姑娘怕羞的样子。岸上另有几株不知名的老树，光光的立着；在月光里照起来，却又俨然是精神矍铄的老人。远处——快到天际线了，才有一两片白云，亮得现出异彩，像美丽的贝壳一般。白云下便是黑黑的一带轮廓；是一条随意画的不规则的曲线。这一段光景，和河中的风味大异了。但灯与月竟能并存着，交融着，使月成了缠绵的月，灯射着渺渺的灵辉；这正是天之所以厚秦淮河，也正是天之所以厚我们了。

　　这时却遇着了难解的纠纷。秦淮河上原有一种歌妓，是以歌为业的。从前都在茶舫上，唱些大曲之类。每日午后一时起；什么时候止，却忘记了。晚上照样也有一回。也在黄晕的灯光里。我从前过南京时，曾随着朋友去听过两次。因为茶舫里的人脸太多了，觉得不大适意，终于听不出所以然。前年听说歌妓被取缔了，不知怎的，颇设想了几次——却想不出什么。这次到南京，先到茶舫上去看看，觉得颇是寂寥，令我无端的怅怅了。不料她们却仍在秦淮河里挣扎着，不料她们竟会纠缠到我们，我于是很张皇了。她们也乘着"七板子"，她们总是坐在舱前的。舱前点着石油汽灯，光亮炫人眼目：坐在下面的，自然是纤毫毕见了——引诱客人们的力量，也便在此了。舱里躲着乐工等人，映着汽灯的余辉蠕动着；他们是永远不被注意的。每船的歌妓大约都是二人；天色一黑，她们的船就在大中桥外往来不息的兜生意。无论行着的船，泊着的船，都要来兜揽的。这都是我后来推想出来的。那晚不知怎样，忽然轮着我们的船了。我们的船好好的停着，一只歌舫划向我们来的；渐渐和我们的船并着了。烁烁的灯光逼得我们皱起了眉头；我们的风尘色全给它托出来了，这使我踟蹰不安了。那时一个伙计跨过船来，拿着摊开的歌折，就近塞向我的手里，说："点几出吧！"他跨过来的时候，我们船上似乎有许多眼光跟着。同时相近的别的船上也似乎有许多眼睛炯炯地向我们船上看着。我真窘了！我也装出大方的样子，向歌妓们瞥了一眼，但究竟是不成的！我勉强将那歌折翻了一翻，却不曾看清了几个字；便赶紧递还那伙计，一面不好意思地说："不要，我们……不要。"他便塞给平伯。

平伯掉转头去，摇手说，"不要！"那人还腻着不走。平伯又回过脸来，摇着头道："不要！"于是那人重到我处。我窘着再拒绝了他。他这才有所不屑似的走了。我的心立刻放下，如释了重负一般。我们就开始自白了。

我说我受了道德律的压迫，拒绝了她们；心里似乎很抱歉的。这所谓抱歉，一面对于她们，一面对于我自己。她们于我们虽然没有很奢的希望；但总有些希望的。我们拒绝了她们，无论理由如何充足，却使她们的希望受了伤；这总有几分不作美了。这是我觉得很怅怅的。至于我自己，更有一种不足之感。我这时被四面的歌声诱惑了，降伏了；但是远远的，远远的歌声总仿佛隔着重衣搔痒似的，越搔越搔不着痒处。我于是憧憬着贴耳的妙音了。在歌舫划来时，我的憧憬，变为盼望；我固执地盼望着，有如饥渴。虽然从浅薄的经验里，也能够推知，那贴耳的歌声，将剥去了一切的美妙；但一个平常的人像我的，谁愿凭了理性之力去丑化未来呢？我宁愿自己骗着了。不过我的社会感性是很敏锐的；我的思力能拆穿道德律的西洋镜，而我的感情却终于被它压服着，我于是有所顾忌了，尤其是在众目昭彰的时候。道德律的力，本来是民众赋予的；在民众的面前，自然更显出它的威严了。我这时一面盼望，一面却感到了两重的禁制：一，在通俗的意义上，接近妓者总算一种不正当的行为；二，妓是一种不健全的职业，我们对于她们，应有哀矜勿喜之心，不应赏玩地去听她们的歌。在众目睽睽之下，这两种思想在我心里最为旺盛。她们暂时压倒了我的听歌的盼望，这便成就了我的灰色的拒绝。那时的心实在异常状态中，觉得颇是昏乱。歌舫去了，暂时宁静之后，我的思绪又如潮涌了。两个相反的意思在我心头往复：卖歌和卖淫不同，听歌和狎妓不同，又干道德甚事？——但是，但是，她们既被逼的以歌为业，她们的歌必无艺术味的；况她们的身世，我们究竟该同情的。所以拒绝倒也是正办。但这些意思终于不曾撇开我的听歌的盼望。它力量异常坚强；它总想将别的思绪踏在脚下。从这重重的争斗里，我感到了浓厚的不足之感。这不足之感使我的心盘旋不安，起坐都不安宁了。唉！我承认我是一个自私的人！平伯呢，却与我不同。他引周启明先生的诗："因为我有妻子，所以我爱一切的女人，因为我有子女，所以我爱一切的孩子。"他的意思可以见了。他因为推及的同情，爱着那些歌妓，并且尊重着她们，所以拒绝了她们。在这种情形下，他自然以为听歌是对于她们的一种侮辱。但他也是想听歌的，虽然不和我一样，所以在他的心中，当然也有一番小小的争斗；争斗的结果，是同情胜了。至于道德律，在他是没有什么的；因为他很有蔑视一切的倾向，民众的力量在他是不大觉着的。这时他的心意的活动比较简单，又比较松弱，故事后还怡然自若；我却不能了。这里平伯又比我高了。

在我们谈话中间，又来了两只歌舫。伙计照前一样的请我们点戏，我们照前一样地拒绝了。我受了三次窘，心里的不安更甚了。清艳的夜景也为之减色。船夫大约因为要赶第二趟生意，催着我们回去；我们无可无不可地答应了。我们渐渐和那些晕黄的灯光远了，只有些月色冷清清的随着我们的归舟。我们的船竟没个伴儿，秦淮河的夜正长哩！到大中桥近处，才遇着一只来船。这是一只载妓的板船，黑漆漆的没有一点光。船头上坐着一个妓女；暗里看出，白地小花的衫子，黑的下衣。她手里拉着胡琴，口里唱着青衫的调子。她唱得响亮而圆转；当她的船箭一般驶过去时，余音还袅袅地在我们耳际，使我们倾听而向往。想不到在弩末的游踪里，还能领略到这样的清歌！这时船过大中桥了，森森的水影，如黑暗张着巨口，要将我们的船吞了下去，我们回顾那渺渺的黄光，不胜依恋之情；我们感到了寂寞了！这一段地方夜色甚浓，又有两头的灯火招摇着；桥外的灯火不用说了，过了桥另有东关头疏疏的灯火。我们忽然仰头看见依人的素月，不觉深悔归来之早了！走过东关头，有一两只大船湾泊着，又有几只船向我们来着。嚣嚣的一阵歌声人语，仿佛笑我们无伴的孤舟哩。东关头转弯，河上的夜色更浓了；临水的妓楼上，时时从帘缝里射出一线一线的灯光；仿佛黑暗从酣睡里眨了一眨眼。我们默然地对着，静听那汩—— 汩的桨声，几乎要入睡了；朦胧里却温寻着适才的繁华的余味。我那不安的心在静里愈显活跃了！这时我们都有了不足之感，而我的更其浓厚。我们却只不愿回去，于是只能由懊悔而怅惘了。船里便满载着怅惘了。直到利涉桥下，微微嘈杂的人声，才使我豁然一惊；那光景却又不同。右岸的河房里，都大开了窗户，里面亮着晃晃的电灯，电灯的光射到水上，蜿蜒曲折，闪闪不息，正如跳舞着的仙女的臂膊。我们的船已在她的臂膊里了；如睡在摇篮里一样，倦了的我们便又入梦了。那电灯下的人物，只觉像蚂蚁一般，更不去萦念。这是最后的梦；可惜是最短的梦！黑暗重复落在我们面前，我们看见傍岸的空船上一星两星的，枯燥无力又摇摇不定的灯光。我们的梦醒了，我们知道就要上岸了；我们心里充满了幻灭的情思。

一九二三年十月十一日作完，于温州。

温州的踪迹

一、"月朦胧，鸟朦胧，帘卷海棠红"

这是一张尺多宽的小小的横幅，马孟容君画的。上方的左角，斜着一卷绿色的帘子，稀疏而长；当纸的直处三分之一，横处三分之二。帘子中央，着一黄色的，茶壶嘴似的钩儿——就是所谓软金钩吗？"钩弯"垂着双穗，石青色；丝缕微乱，若小曳于轻风中。纸右一圆月，淡淡的青光遍满纸上；月的纯净，柔软与平和，如一张睡美人的脸。从帘的上端向右斜伸而下，是一枝交缠的海棠花。花叶扶疏，上下错落着，共有五丛；或散或密，都玲珑有致。叶嫩绿色，仿佛掐得出水似的；在月光中掩映着，微微有浅深之别。花正盛开，红艳欲流；黄色的雄蕊历历的，闪闪的。衬托在丛绿之间，格外觉着妖娆了。枝欹斜而腾挪，如少女的一只臂膊。枝上歇着一对黑色的八哥，背着月光，向着帘里。一只歇得高些，小小的眼儿半睁半闭的，似乎在入梦之前，还有所留恋似的。那低些的一只别过脸来对着这一只，已缩着颈儿睡了。帘下是空空的，不着一些痕迹。

试想在圆月朦胧之夜，海棠是这样的妩媚而嫣润；枝头的好鸟为什么却双栖而各梦呢？在这夜深人静的当儿，那高踞着的一只八哥儿，又为何尽撑着眼皮儿不肯睡去呢？他到底等什么来着？舍不得那淡淡的月儿吗？舍不得那疏疏的帘儿吗？不，不，不，您得到帘下去找，您得向帘中去找——

您该找着那卷帘人了？他的情韵风怀，原是这样这样的哟！朦胧的岂独月呢；岂独鸟呢？但是，咫尺天涯，教我如何耐得？我拼着千呼万唤；你能够出来吗？

　　这页画布局那样经济，设色那样柔活，故精彩足以动人。虽是区区尺幅，而情韵之厚，已足沦肌浃髓而有余。我看了这画。瞿然而惊：留恋之怀，不能自已。故将所感受的印象细细写出，以志这一段因缘。但我于中西的画都是门外汉，所说的话不免为内行所笑。——那也只好由他了。

一九二四年二月一日，温州作。

二、绿

　　我第二次到仙岩的时候，我惊诧于梅雨潭的绿了。

　　梅雨潭是一个瀑布潭。仙岩有三个瀑布，梅雨瀑最低。走到山边，便听见哗哗哗哗的声音；抬起头，镶在两条湿湿的黑边儿里的，一带白而发亮的水便呈现于眼前了。我们先到梅雨亭。梅雨亭正对着那条瀑布；坐在亭边，不必仰头，便可见它的全体了。亭下深深的便是梅雨潭。这个亭踞在突出的一角的岩石上，上下都空空儿的；仿佛一只苍鹰展着翼翅浮在天宇中一般。三面都是山，像半个环儿拥着；人如在井底了。这是一个秋季的薄阴的天气。微微的云在我们顶上流着；岩面与草丛都从润湿中透出几分油油的绿意。而瀑布也似乎分外响了。那瀑布从上面冲下，仿佛已被扯成大小的几绺；不复是一幅整齐而平滑的布。岩上有许多棱角；瀑流经过时，作急剧的撞击，便飞花碎玉般乱溅着了。

那溅着的水花，晶莹而多芒；远望去，像一朵朵小小的白梅，微雨似的纷纷落着。据说，这就是梅雨潭之所以得名了。但我觉得像杨花，格外确切些。轻风起来时，点点随风飘散，那更是杨花了。——这时偶然有几点送入我们温暖的怀里，便倏地钻了进去，再也寻它不着。

梅雨潭闪闪的绿色招引着我们；我们开始追捉她那离合的神光了。揪着草，攀着乱石，小心探身下去，又鞠躬过了一个石穹门，便到了汪汪一碧的潭边了。瀑布在襟袖之间；但我的心中已没有瀑布了。我的心随潭水的绿而摇荡。那醉人的绿呀！仿佛一张极大极大的荷叶铺着，满是奇异的绿呀。我想张开两臂抱住她；但这是怎样一个妄想呀。——站在水边，望到那面，居然觉着有些远呢！这平铺着，厚积着的绿，着实可爱。她松松地皱缬着，像少妇拖着的裙幅；她轻轻地摆弄着，像跳动的初恋的处女的心；她滑滑的明亮着，像涂了"明油"一般，有鸡蛋清那样软，那样嫩，令人想着所曾触过的最嫩的皮肤；她又不杂些儿尘渣，宛然一块温润的碧玉，只清清的一色——但你却看不透她！我曾见过北京什刹海拂地的绿杨，脱不了鹅黄的底子，似乎太淡了。我又曾见过杭州虎跑寺近旁高峻而深密的"绿壁"，丛叠着无穷的碧草与绿叶的，那又似乎太浓了。其余呢，西湖的波太明了，秦淮河的也太暗了。可爱的，我将什么来比拟你呢？我怎么比拟得出呢？大约潭是很深的，故能蕴蓄着这样奇异的绿；仿佛蔚蓝的天融了一块在里面似的，这才这般的鲜润呀。——那醉人的绿呀！我若能裁你以为带，我将赠给那轻盈的舞女；她必能临风飘举了。我若能挹你以为眼，我将赠给那善歌的盲妹；她必明眸善睐了。我舍不得你；我怎舍得你呢？我用手拍着你，抚摩着你，如同一个十二三岁的小姑娘。我又掬你入口，便是吻着她了。

我送你一个名字，我从此叫你"女儿绿"，好吗？

我第二次到仙岩的时候，我不禁惊诧于梅雨潭的绿了。

二月八日，温州作。

三、白水漈

几个朋友伴我游白水漈。

这也是个瀑布；但是太薄了，又太细了。有时闪着些许的白光；等你定睛看去，却又没有——只剩一片飞烟而已。从前有所谓"雾縠"，大概就是这样了。所以如此，全由于岩石中间突然空了一段；水到那里，无可凭依，凌虚飞下，便扯得又薄又细了。当那空处，最是奇迹。白光嬗为飞烟，已是影子，有时却连影子也不见。有时微风过来，用纤手挽着那影子，它便袅袅成了一个软弧；但她的手才松，它又像橡皮带儿似的，立刻服服帖帖地缩回来了。我所以猜疑，或者另有双不可知的巧手，要将这些影子织成一个幻网。——微风想夺了她的，她怎么肯呢？

幻网里也许织着诱惑；我的依恋便是个老大的证据。

三月十六日，宁波作。

四、生命的价格——七毛钱

生命本来不应该有价格的；而竟有了价格！人贩子，老鸨，以至近来的绑票土匪，都就他们的所有物，标上参差的价格，出卖于人；我想将来许还有公开的人市场呢！在种种"人货"里，价格最高的，自然是土匪们的票了，少则成千，多则成万；大约是有历史以来，"人货"的最高的行情了。其次是老鸨们所有的妓女，由数百元到数千元，是常常听到的。最贱的要算是人贩子的货色！他们所有的，只是些男女小孩，只是些"生货"，所以便卖不起价钱了。

人贩子只是"仲买人"，他们还得取给于"厂家"，便是出卖孩子们的人家。"厂家"的价格才真是道地呢！《青光》里曾有一段记载，说三块钱买了一个丫头；那是移让过来的，但价格之低，也就够令人惊诧了！"厂家"的价格，却还有更低的！三百钱，五百钱买一个孩子，在灾荒时不算难事！但我不曾见过。我亲眼看见的一条最贱的生命，是七毛钱买来的！这是一个五岁的女孩子。一个五岁的"女孩子"卖七毛钱，也许不能算是最贱；但请您细看：将一条生命的自由和七枚小银圆各放在天平的一个盘里，您将发现，正如九头牛与一根牛毛一样，两个盘儿的重量相差实在太远了！

我见这个女孩，是在房东家里。那时我正和孩子们吃饭；妻走来叫我看一件奇事，七毛钱买来的孩子！孩子端端正正地坐在条凳上；面孔黄黑色，但还丰润；衣帽也还整洁可看。我看了几眼，觉得和我们的孩子也没有什么差异；我看不出她的低贱的生命的符记——如我们看低贱的货色时所容易发现的符记。我回到自己的饭桌上，看看阿九和阿菜，始终觉得和那个女孩没有什么不同！但是，我毕竟发现真理了！我们的孩子所以高贵，正因为我们不曾出卖他们，而那个女孩所以低贱，正因为她是被出卖的；这就是她只值七毛钱的缘故了！呀，聪明的真理！

　　妻告诉我这孩子没有父母，她哥嫂将她卖给房东家姑爷开的银匠店里的伙计，便是带着她吃饭的那个人。他似乎没有老婆，手头很窘的，而且喜欢喝酒，是一个糊涂的人！我想这孩子父母若还在世，或者还舍不得卖她，至少也要迟几年卖她；因为她究竟是可怜可怜的小羔羊。到了哥嫂的手里，情形便不同了！家里总不宽裕，多一张嘴吃饭，多费些布做衣，是显而易见的。将来人大了，由哥嫂卖出，究竟是为难的；说不定还得找补些儿，才能送出去。这可多么冤呀！不如趁小的时候，谁也不注意，做个人情，送了干净！您想，温州不算十分穷苦的地方，也没碰着大荒年，干什么得了七个小毛钱，就心甘情愿地将自己的小妹子捧给人家呢？说等钱用？谁也不信！七毛钱了得什么急事！温州又不是没人买的！大约买卖两方本来相知；那边恰要个孩子玩儿，这边也乐得出脱，便半送半卖的含糊定了交易。我猜想那时伙计向袋里一摸一股脑儿掏了出来，只有七毛钱！哥哥原也不指望着这笔钱用，也就大大方方收了完事。于是财货两交，那女孩便归伙计管业了！

　　这一笔交易的将来，自然是在运命手里；女儿本姓"碰"，由她去碰罢了！但可知的，运命决不加惠于她！第一幕的戏已启示于我们了！照妻所说，那伙计必无这样耐心，抚养她成人长大！他将像豢养小猪一样，等到相当的肥壮的时候，便卖给屠户，任他宰割去；这其间他得了赚头，是理所当然的！但屠户是谁呢？在她卖做丫头的时候，便是主人！"仁慈的"主人只宰割她相当的劳力，如养羊而剪它的毛一样。到了相当的年纪，便将她配人。能够这样，她虽然被撤在丫头坯里，却还算不幸中之幸哩。但在目下这钱世界里，如此大方的人究竟是少的；我们所见的，十有六七是刻薄人！她若卖到这种人手里，他们必拶榨她过量的劳力。供不应求时，便骂也来了，打也来了！等她成熟时，却又好转卖给人家做妾；平常拶榨的不够，这儿又找补一个尾子！偏生这孩子模样儿又不好；入门不能得丈夫的欢心，容易遭大妇的凌虐，又是显然的！她的一生，将消磨于眼泪中了！也有些主人自己收婢做妾的；但红颜白发，也只空断送了她的一生！和前例相较，只是五十步与百步而已。——更可危的，她若被那伙计卖在妓院里，老鸨才真是个令人肉颤的屠户呢！我们可以想到：她怎样逼她学弹学唱，怎样驱遣她去做粗活！怎样用藤筋打她，用针刺她！怎样督责她承欢卖笑！她怎样吃残羹冷饭！怎样打熬着不得睡觉！怎样终于生了一身毒疮！她的相貌使她只能做下等妓女；她的沦落风尘是终生的！她的悲剧也是终生的！——唉！七毛钱竟买了你的全生命——你的血肉之躯竟抵不上区区七个小银圆吗！生命真太贱了！生命真太贱了！

因此想到自己的孩子的运命，真有些胆寒！钱世界里的生命市场存在一日，都是我们孩子的危险！都是我们孩子的侮辱！您有孩子的人呀，想想看，这是谁之罪呢？这是谁之责呢？

四月九日，宁波作。

白 马 湖

今天是个下雨的日子。这使我想起了白马湖；因为我第一回到白马湖，正是微风飘萧的春日。

白马湖在甬绍铁道的驿亭站，是个极小极小的乡下地方。在北方说起这个名字，管保一百个人一百个人不知道。但那却是一个不坏的地方。这名字先就是一个不坏的名字。据说从前（宋时？）有个姓周的骑白马入湖仙去，所以有这个名字。这个故事也是一个不坏的故事。假使你乐意搜集，或也可编成一本小书，交北新书局印去。

白马湖并非圆圆的或方方的一个湖，如你所想到的，这是曲曲折折大大小小许多湖的总名。湖水清极了，如你所能想到的，一点儿不含糊像镜子。沿铁路的水，再没有比这里清的，这是公论。遇到旱年的夏季，别处湖里都长了草，这里却还是一清如故。白马湖最大的，也是最好的一个，便是我们住过的屋的门前那一个。那个湖不算小，但湖口让两面的山包抄住了。外面只见微微的碧波而已，想不到有那么大的一片。湖的尽里头，有一个三四十户人家的村落，叫作西徐岙，因为姓徐的多。这村落与外面本是不相通的，村里人要出来得撑船。后来春晖中学在湖边造了房子，这才造了两座玲珑的小木桥，筑起一道煤屑路，直通到驿亭车站。那是窄窄的一条人行路，蜿蜒曲折的，路上虽常不见人，走起来却不见寂寞——尤其在微雨的春天，一个初到的来客，他左顾右盼，是只有觉得热闹的。

　　春晖中学在湖的最胜处，我们住过的屋也相去不远，是半西式。湖光山色从门里从墙头进来，到我们窗前、桌上。我们几家接连着；丏翁的家最讲究。屋里有名人字画，有古瓷，有铜佛，院子里满种着花。屋子里的陈设又常常变换，给人新鲜的受用。他有这样好的屋子，又是好客如命，我们便不时地上他家里喝老酒。丏翁夫人的烹调也极好，每回总是满满的盘碗拿出来，空空的收回去。白马湖最好的时候是黄昏。湖上的山笼着一层青色的薄雾，在水面映着参差的模糊的影子。水光微微地暗淡，像是一面古铜镜。轻风吹来，有一两缕波纹，但随即平静了。天上偶见几只归鸟，我们看着它们越飞越远，直到不见为止。这个时候便是我们喝酒的时候。我们说话很少；上了灯话才多些，但大家都已微有醉意。是该回家的时候了。若有月光也许还得徘徊一会；若是黑夜，便在暗里摸索醉着回去。

　　白马湖的春日自然最好。山是青得要滴下来，水是满满的、软软的。小马路的两边，一株间一株地种着小桃与杨柳。小桃上各缀着几朵重瓣的红花，像夜空的疏星。杨柳在暖风里不住地摇曳。在这路上走着，时而听见锐而长的火车的笛声是别有风味的。在春天，不论是晴是雨，是月夜是黑夜，白马湖都好。——雨中田里菜花的颜色最早鲜艳；黑夜虽什么不见，但可静静地受用春天的力量。夏夜也有好处，有月时可以在湖里划小船，四面满是青霭。船上望别的村庄，像是蜃楼海市，浮在水上，迷离惝恍的；有时听见人声或犬吠，大有世外之感。若没有月呢，便在田野里看萤火。那萤火不是一星半点的，如你们在城中所见；那是成千成百的萤火。一片儿飞出来，像金线网似的，又像耍着许多火绳似的。只有一层使我愤恨。那里水田多，蚊子太多，而且几乎全闪闪烁烁是疟蚊子。我们一家都染了疟疾，至今三四年了，还有未断根的。蚊子多足以减少露坐夜谈或划船夜游的兴致，这未免是美中不足了。

离开白马湖是三年前的一个冬日。前一晚"别筵"上，有丐翁与云君，我不能忘记丐翁，那是一个真挚豪爽的朋友。但我也不能忘记云君，我应该这样说，那是一个可爱的——孩子。

七月十四日，北平。

说 扬 州

　　在第十期上看到曹聚仁先生的《闲话扬州》，比那本出名的书有味多了。不过那本书将扬州说得太坏，曹先生又未免说得太好；也不是说得太好，他没有去过那里，所说的只是从诗赋中，历史上得来的印象。这些自然也是扬州的一面，不过已然过去，现在的扬州却不能再给我们那种美梦。

　　自己从七岁到扬州，一住十三年，才出来念书。家里是客籍，父亲又是在外省当差事的时候多，所以与当地贤豪长者并无来往。他们的雅事，如访胜，吟诗，赌酒，书画名家，烹调佳味，我那时全没有份，也全不在行。因此虽住了那么多年，并不能做扬州通，是很遗憾的。记得的只是光复的时候，父亲正病着，让一个高等流氓凭了军政府的名字，敲了一竹杠；还有，在中学的几年里，眼见所谓"甩子团"横行无忌。"甩子"是扬州方言，有时候指那些"怯"的人，有时候指那些满不在乎的人。"甩子团"不用说是后一类；他们多数是绅宦家子弟，仗着家里或者"帮"里的势力，在各公共场所闹标劲，如看戏不买票，起哄等，也有包揽词讼，调戏妇女的。更可怪的，大乡绅的仆人可以指挥警察区区长，可以大模大样招摇过市——这都是民国五六年的事，并非前清君主专制时代。自己当时血气方刚，看了一肚子气；可是人微言轻，也只好让那口气憋着罢了。

　　从前扬州是个大地方，如曹先生那文所说；现在盐务不行了，简直就算个没"落儿"的小城。

可是一般人还忘其所以地要气派，自以为美，几乎不知天多高地多厚。这真是所谓"夜郎自大"了。扬州人有"扬虚子"的名字；这个"虚子"有两种意思，一是大惊小怪，二是以少报多，总而言之，不离乎虚张声势的毛病。他们还有个"扬盘"的名字，譬如东西买贵了，人家可以笑话你是"扬盘"；又如店家价钱要的太贵，你可以诘问他："把我当扬盘看吗？"盘是捧出来给别人看的，正好形容要气派的扬州人。又有所谓"商派"，讥笑那些仿效盐商的奢侈生活的人，那更是气派中之气派了。但是这里只就一般情形说，刻苦诚笃的君子自然也有；我所敬爱的朋友中，便不缺乏扬州人。

提起扬州这地名，许多人想到的是出女人的地方。但是我长到那么大，从来不曾在街上见过一个出色的女人，也许那时女人还少出街吧？不过从前人所谓"出女人"，实在指姨太太与妓女而言；那个"出"字就和出羊毛，出苹果的"出"字一样。《陶庵梦忆》里有"扬州瘦马"一节，就记的这类事；但是我毫无所知。不过纳妾与狎妓的风气渐渐衰了，"出女人"那句话怕迟早会失掉意义的吧。

另有许多人想，扬州是吃得好的地方。这个保你没错儿。北平寻常提到江苏菜，总想着是甜甜的腻腻的。现在有了淮扬菜，才知道江苏菜也有不甜的；但还以为油重，和山东菜的清淡不同。其实真正油重的是镇江菜，上桌子常教你腻得无可奈何。扬州菜若是让盐商家的厨子做起来，虽不到山东菜的清淡，却也滋润，利落，绝不腻嘴腻舌。不但味道鲜美，颜色也清丽悦目。扬州又以面馆著名。好在汤味醇美，是所谓白汤，由种种出汤的东西如鸡鸭鱼肉等熬成，好在它的厚，和啖熊掌一般。也有清汤，就是一味鸡汤，倒并不出奇。内行的人吃面要"大煮"；普通将面挑在碗里，浇上汤，"大煮"是将面在汤里煮一会，更能入味些。

　　扬州最著名的是茶馆；早上去下午去都是满满的。吃的花样最多。坐定了沏上茶，便有卖零碎的来兜揽，手臂上挽着一个黯淡的柳条筐，筐子里摆满了一些小蒲包分放着瓜子花生炒盐豆之类。又有炒白果的，在担子上铁锅爆着白果，一片铲子的声音。得先告诉他，才给你炒。炒得壳子爆了，露出黄亮的仁儿，铲在铁丝罩里送过来，又热又香。还有卖五香牛肉的，让他抓一些，摊在干荷叶上；叫茶房拿点好麻酱油来，拌上慢慢地吃，也可向卖零碎的买些白酒——扬州普通都喝白酒——喝着。这才叫茶房烫干丝。北平现在吃干丝，都是所谓煮干丝；那是很浓的，当菜很好，当点心却未必合适。烫干丝先将一大块方的白豆腐干飞快地切成薄片，再切为细丝，放在小碗里，用开水一浇，干丝便熟了；逼去了水，抟成圆锥似的，再倒上麻酱油，搁一撮虾米和干笋丝在尖儿，就成。说时迟，那时快，刚瞧着在切豆腐干，一眨眼已端来了。烫干丝就是清得好，不妨碍你吃别的。接着该要小笼点心。北平淮扬馆子出卖的汤包，诚哉是好，在扬州却少见；那实在是淮阴的名字，扬州不该掠美。扬州的小笼点心，肉馅儿的，蟹肉馅儿的，笋肉馅儿的且不用说，最可口的是菜包子、菜烧卖，还有干菜包子。菜选那最嫩的，剁成泥，加一点儿糖一点儿油，蒸得白生生的，热腾腾的，到口轻松地化去，留下一丝儿余味。干菜也是切碎，也是加一点儿糖和油，燥湿恰到好处；细细地咬嚼，可以嚼出一点橄榄般的回味来。这么着每样吃点儿也并不太多。要是有饭局，还尽可以从容地去。但是要老资格的茶客才能这样有分寸；偶尔上一回茶馆的本地人外地人，却总忍不住狼吞虎咽，到了儿捧着肚子走出。

　　扬州游览以水为主，以船为主，已另有文记过，此处从略。城里城外古迹很多，如"文选楼"，"天保城"，"雷塘"，"二十四桥"等，却很少人留意；大家常去的只是史可法的"梅花岭"罢了。倘若有相当的假期，邀上两三个人去寻幽访古倒有意思；自然，得带点花生米，五香牛肉，白酒。

一九三四年十月十四日作。

扬州的夏日

扬州从隋炀帝以来，是诗人文士所称道的地方；称道的多了，称道得久了，一般人便也随声附和起来。直到现在，你若向人提起扬州这个名字，他会点头或摇头说："好地方！好地方！"特别是没去过扬州而念过些唐诗的人，在他心里，扬州真像蜃楼海市一般美丽；他若念过《扬州画舫录》一类书，那更了不得了。但在一个久住扬州像我的人，他却没有那么多美丽的幻想，他的憎恶也许掩住了他的爱好；他也许离开了三四年并不去想它。若是想呢——你说他想什么？女人；不错，这似乎也有名，但怕不是现在的女人吧？——他也只会想着扬州的夏日，虽然与女人仍然不无关系的。

北方和南方一个大不同，在我看，就是北方无水而南方有。诚然，北方今年大雨，永定河，大清河甚至决了堤防，但这并不能算是有水；北平的三海和颐和园虽然有点儿水，但太平衍了，一览而尽，船又那么笨头笨脑的。有水的仍然是南方。扬州的夏日，好处大半便在水上——有人称为"瘦西湖"，这个名字真是太"瘦"了，假西湖之名以行，"雅得这样俗"，老实说，我是不喜欢的。下船的地方便是护城河，蔓延开去，曲曲折折，直到平山堂——这是你们熟悉的名字——有七八里河道，还有许多杈杈丫丫的支流。这条河其实也没有顶大的好处，只是曲折而有些幽静，和别处不同。

沿河最著名的风景是小金山，法海寺，五亭桥；最远的便是平山堂了。金山你们是知道的，小金山却在水中央。在那里望水最好，看月自然也不错——可是我还不曾有过那样福气。"下河"的人十之九是到这儿的，人不免太多些。法海寺有一个塔，和北海的一样，据说是乾隆皇帝下江南，盐商们连夜督促匠人造成的。法海寺著名的自然是这个塔；但还有一桩，你们猜不着，是红烧猪头。夏天吃红烧猪头，在理论上也许不甚相宜；可是在实际上，挥汗吃着，倒也不坏的。五亭桥如名字所示，是五个亭子的桥。桥是拱形，中一亭最高，两边四亭，参差相称；最宜远看，或看影子，也好。桥洞颇多，乘小船穿来穿去，另有风味。平山堂在蜀冈上。登堂可见江南诸山淡淡的轮廓；"山色有无中"一句话，我看是恰到好处，并不算错。这里游人较少，闲坐在堂上，可以永日。沿路光景，也以闲寂胜。从天宁门或北门下船。蜿蜒的城墙，在水里倒映着苍黝的影子，小船悠然地撑过去，岸上的喧扰像没有似的。

船有三种：大船专供宴游之用，可以挟妓或打牌。小时候常跟了父亲去，在船里听着谋得利洋行的唱片。现在这样乘船的大概少了吧？其次是"小划子"，真像一瓣西瓜，由一个男人或女人用竹篙撑着。乘的人多了，便可雇两只，前后用小凳子跨着：这也可算得"方舟"了。后来又有一种"洋划"，比大船小，比"小划子"大，上支布篷，可以遮日遮雨。"洋划"渐渐地多，大船渐渐地少，然而"小划子"总是有人要的。这不独因为价钱最贱，也因为它的伶俐。一个人坐在船中，让一个人站在船尾上用竹篙一下一下地撑着，简直是一首唐诗，或一幅山水画。而有些好事的少年，愿意自己撑船，也非"小划子"不行。"小划子"虽然便宜，却也有些分别。譬如说，你们也可想到的，女人撑船总要贵些；姑娘撑的自然更要贵啰。这些撑船的女子，便是有人说过的"瘦西湖上的船娘"。船娘们的故事大概不少，但我不很知道。

据说以乱头粗服，风趣天然为胜；中年而有风趣，也仍然算好。可是起初原是逢场作戏，或尚不伤廉惠；以后居然有了价格，便觉意味索然了。

北门外一带，叫作下街，"茶馆"最多，往往一面临河。船行过时，茶客与乘客可以随便招呼说话。船上人若高兴时，也可以向茶馆中要一壶茶，或一两种"小笼点心"，在河中喝着，吃着，谈着。回来时再将茶壶和所谓小笼，连价款一并交给茶馆中人。撑船的都与茶馆相熟，他们不怕你白吃。扬州的小笼点心实在不错：我离开扬州，也走过七八处大大小小的地方，还没有吃过那样好的点心；这其实是值得惦记的。茶馆的地方大致总好，名字也颇有好的，如香影廊，绿杨村，红叶山庄，都是到现在还记得的。绿杨村的幌子，挂在绿杨树上，随风飘展，使人想起"绿杨城郭是扬州"的名句。里面还有小池，丛竹，茅亭，景物最幽。这一带的茶馆布置都历落有致，迥非上海，北平方方正正的茶楼可比。

"下河"总是下午。傍晚回来，在暮霭朦胧中上了岸，将大褂折好搭在腕上，一手微微摇着扇子；这样进了北门或天宁门走回家中。这时候可以念"又得浮生半日闲"那一句诗了。

初到清华记

　　从前在北平读书的时候，老在城圈儿里待着。四年中虽也游过三五回西山，却从没来过清华；说起清华，只觉得很远很远而已。那时也不认识清华人，有一回北大和清华学生在青年会举行英语辩论，我也去听。清华的英语确是流利得多，他们胜了。那回的题目和内容，已忘记干净；只记得复辩时，清华那位领袖很神气，引着孔子的什么话。北大答辩时，开头就用了furiously一个字叙述这位领袖的态度。这个字也许太过，但也道着一点儿。那天清华学生是坐大汽车进城的，车便停在青年会前头；那时大汽车还很少。那是冬末春初，天很冷。一位清华学生在屋里只穿单大褂，将出门却套上厚厚的皮大氅。这种"行"和"衣"的路数，在当时却透着一股标劲儿。

　　初来清华，在十四年夏天。刚从南方来北平，住在朝阳门边一个朋友家。那时教务长是张仲述先生，我们没见面。我写信给他，约定第三天上午去看他。写信时也和那位朋友商量过，十点赶得到清华吗，从朝阳门那儿？他那时已经来过一次，但似乎只记得"长林碧草"——他写到南方给我的信这么说——说不出路上究竟要多少时候。他劝我八点动身，雇洋车直到西直门换车，免得老等电车，又换来换去的，耽误事。那时西直门到清华只有洋车直达；后来知道也可以搭香山汽车到海甸（海淀）再乘洋车，但那是后来的事了。

　　第三天到了，不知是起得晚了些还是别的，跨出朋友家，已经九点挂零。心里不免有点儿急，车夫走得也特别慢似的。到西直门换了车。据车夫说本有条小路，雨后积水，不通了；那只得由正道了。刚出城一段儿还认识，因为也是去万牲园的路；以后就茫然。到黄庄的时候，瞧着些屋子，以为一定是海甸了；心里想清华也就快到了吧，自己安慰着。快到真的海甸时，问车夫，"到了吧？""没哪。这是海——甸。"这一下更茫然了。海甸这么难到，清华要何年何月呢？而车夫说饿了，非得买点儿吃的。吃吧，反正豁出去了。这一吃又是十来分钟。说还有三里多路呢。那时没有燕京大学，路上没什么看的，只有远处淡淡的西山——那天没有太阳——略略可解闷儿。好容易过了红桥，喇嘛庙，渐渐看见两行高柳，像穹门一般。什刹海的垂杨虽好，但没有这么多这么深，那时路上只有我一辆车，大有长驱直入的神气。柳树前一面牌子，写着"入校车马缓行"；这才真到了，心里想，可是大门还够远的，不用说西院门又骗了我一次，又是六七分钟，才真真到了。坐在张先生客厅里一看钟，十二点还欠十五分。

张先生住在乙所，得走过那"长林碧草"，那浓绿真可醉人。张先生客厅里挂着一副有正书局印的邓完白隶书长联。我有一个会写字的同学，他喜欢邓完白，他也有这一副对联；所以我这时如见故人一般。张先生出来了。他比我高得多，脸也比我长得多。一眼看出是个顶能干的人。我向他道歉来得太晚，他也向我道歉，说刚好有个约会，不能留我吃饭。谈了不大工夫，十二点过了，我告辞。到门口，原车还在，坐着回北平吃饭去。过了一两天，我就搬行李来了。这回却坐了火车，是从环城铁路朝阳门站上车的。

以后城内城外来往的多了，得着一个诀窍；就是在西直门一上洋车，且别想"到"清华，不想着不想着也就到了。——香山汽车也搭过一两次，可真够瞧的。两条腿有时候简直无放处，恨不得不是自己的。有一回，在海甸下了汽车，在现在"西园"后面那个小饭馆里，拣了临街一张四方桌，坐在长凳上，要一碟苜蓿肉，两张家常饼，二两白玫瑰，吃着喝着，也怪有意思；而且还在那桌上写了《我的南方》一首歪诗。那时海甸到清华一路常有穷女人或孩子跟着车要钱。他们除"您修好"等等常用语句外，有时会说"您将来做校长"，这是别处听不见的。

一九三六年四月十八日作。

潭柘寺　戒坛寺

　　早就知道潭柘寺，戒坛寺。在商务印书馆的《北平指南》上，见过潭柘的铜图，小小的一块，模模糊糊的，看了一点没有想去的意思。后来不断地听人说起这两座庙；有时候说路上不平静，有时候说路上红叶好。说红叶好的劝我秋天去；但也有人劝我夏天去。有一回骑驴上八大处，赶驴的问逛过潭柘没有，我说没有。他说潭柘风景好，那儿满是老道，他去过，离八大处七八十里地，坐轿骑驴都成。我不大喜欢老道的装束，尤其是那满蓄着的长头发，看上去啰里啰唆，龌里龌龊的。更不想骑驴走七八十里地，因为我知道驴子与我都受不了。真打动我的倒是"潭柘寺"这个名字。不懂不是？就是不懂的妙。躲懒的人念成"潭拓寺"，那更莫名其妙了。这怕是中国文法的花样；要是来个欧化，说是"潭和柘的寺"，那就用不着咬嚼或吟味了。还有在一部诗话里看见近人咏戒台松的七古，诗腾挪夭矫，想来松也如此。所以去。但是在夏秋之前的春天，而且是早春；北平的早春是没有花的。

　　这才认真打听去过的人。有的说住潭柘好，有的说住戒坛好。有的人说路太难走，走到了筋疲力尽，再没兴致玩儿；有人说走路有意思。又有人说，去时坐了轿子，半路上前后两个轿夫吵起来，把轿子搁下，直说不抬了。于是心中暗自决定，不坐轿，也不走路；取中道，骑驴子。又按普通说法，总是潭柘寺在前，戒坛寺在后，想着戒坛寺一定远些；于是决定住潭柘，因为一天回不来，必得住。门头沟下车时，想着人多，怕雇不着许多驴，但是并不然——雇驴的时候，才知道戒坛去便宜一半，那就是说近一半。这时候自己忽然逞起能来，要走路。走吧。

这一段路可够瞧的。像是河床，怎么也挑不出没有石子的地方，脚底下老是绊来绊去的，教人心烦。又没有树木，甚至于没有一根草。这一带原是煤窑，拉煤的大车往来不绝，尘土里饱和着煤屑，变成黯淡的深灰色，叫人看了透不出气来。走一点钟光景，自己觉得已经有点办不了，怕没有走到便筋疲力尽；幸而山上下来一头驴，如获至宝似的雇下，骑上去。这一天东风特别大。平常骑驴就不稳，风一大真是祸不单行。山上东西都有路，很窄，下面是斜坡；本来从西边走，驴夫看风势太猛，将驴拉上东路。就这么着，有一回还几乎让风将驴吹倒；若走西边，没有准儿会驴我同归哪。想起从前人画风雪骑驴图，极是雅事；大概那不是上潭柘寺去的。驴背上照例该有些诗意，但是我，下有驴子，上有帽子眼镜，都要照管；又有迎风下泪的毛病，常要掏手巾擦干。当其时真恨不得生出第三只手来才好。

东边山峰渐起，风是过不来了；可是驴也骑不得了，说是坎儿多。坎儿可真多。这时候精神倒好起来了：崎岖的路正可以练腰脚，处处要眼到心到脚到，不像平地上。人多更有点竞赛的心理，总想走上最前头去，再则这儿的山势虽然说不上险，可是突兀，丑怪，峻刻的地方有的是。我们说这才有点儿山的意思；老像八大处那样，真叫人气闷闷的。于是一直走到潭柘寺后门；这段坎儿路比风里走过的长一半，小驴毫无用处，驴夫说："咳，这不过给您做个伴儿！"

墙外先看见竹子，且不想进去。又密，又粗，虽然不够绿。北平看竹子，真不易。又想到八大处了，大悲庵殿前那一溜儿，薄得可怜，细得也可怜，比起这儿，真是小巫见大巫了。进去过一道角门，门旁突然亭亭地矗立着两竿粗竹子，在墙上紧紧地挨着；要用批文章的成语，这两竿竹子足称得起"天外飞来之笔"。

正殿屋角上两座琉璃瓦的鸱吻，在台阶下看，值得徘徊一下。神话说殿基本是青龙潭，一夕风雨，顿成平地，涌出两鸱吻。只可惜现在的两座太新鲜，与神话的朦胧幽秘的境界不相称。但是还值得看，为的是大得好，在太阳里嫩黄得好，闪亮得好；那拴着的四条黄铜链子也映衬得好。寺里殿很多，层层折折高上去，走起来已经不平凡，每殿大小又不一样，塑像摆设也各出心裁。看完了，还觉得无穷无尽似的。正殿下延清阁是待客的地方，远处群山像屏障似的。屋子结构甚巧，穿来穿去，不知有多少间，好像一所大宅子。可惜尘封不扫，我们住不着。话说回来，这种屋子原也不是预备给我们这么多人挤着住的。寺门前一道深沟，上有石桥；那时没有水，若是现在去，倚在桥上听潺潺的水声，倒也可以忘我忘世。过桥四株马尾松，枝枝覆盖，叶叶交通，另成一个境界。西边小山上有个古观音洞。洞无可看，但上去时在山坡上看潭柘的侧面，宛如仇十洲的《仙山楼阁图》；往下看是陡峭的沟岸，越显得深深无极，潭柘简直有海上蓬莱的意味了。寺以泉水著名，到处有石槽引水长流，倒也涓涓可爱。只是流觞亭雅得那样俗，在石地上楞刻着蚯蚓般的槽；那样流觞，怕只有孩子们愿意干。现在兰亭的"流觞曲水"也和这儿的一鼻孔出气，不过规模大些。晚上因为带的铺盖薄，冻得睁着眼，却听了一夜的泉声；心里想要不冻着，这泉声够多清雅啊！寺里并无一个老道，但那几个和尚，满身铜臭，满眼势利，教人老不能忘记，倒也麻烦的。

第二天清早，二十多人满雇了牲口，向戒坛而去，颇有浩浩荡荡之势。我的是一匹骡子，据说稳得多。这是第一回，高高兴兴骑上去。这一路要翻罗喉岭。只是土山，可是道儿窄，又曲折；虽不高，老那么凸凸凹凹的。许多处只容得一匹牲口过去。平心说，是险点儿。想起古来用兵，从间道袭敌人，许也是这种光景吧。

戒坛在半山上，山门是向东的。一进去就觉得平旷；南面只有一道低低的砖栏，下边是一片平原，平原尽处才是山，与众山屏蔽的潭柘气象便不同。进二门，更觉得空阔疏朗，仰看正殿前的平台，仿佛汪洋千顷。这平台东西很长，是戒坛最胜处，眼界最宽，叫人想起"振衣千仞冈"的诗句。三株名松都在这里。"卧龙松"与"抱塔松"同是偃仆的姿势，身躯奇伟，鳞甲苍然，有飞动之意。"九龙松"老干槎丫，如张牙舞爪一般。若在月光底下，森森然的松影当更有可看。此地最宜低回流连，不是匆匆一览所可领略。潭柘以层折胜，戒坛以开朗胜；但潭柘似乎更幽静些。戒坛的和尚，春风满面，却远胜于潭柘的；我们之中颇有悔不该在潭柘的。戒坛后山上也有个观音洞。洞宽大而深，大家点了火把嚷嚷闹闹地下去；半里光景的洞满是油烟，满是声音。洞里有石虎，石龟，上天梯，海眼等，无非是凑凑人的热闹而已。

还是骑骡子。回到长辛店的时候，两条腿几乎不是我的了。

一九三四年八月三日作。

海 行 杂 记

　　这回从北京南归，在天津搭了通州轮船，便是去年曾被盗劫的。盗劫的事，似乎已很渺茫；所怕者船上的肮脏，实在令人不堪耳。这是英国公司的船；这样的肮脏似乎尽够玷污了英国国旗的颜色。但英国人说：这有什么呢？船原是给中国人乘的，肮脏是中国人的自由，英国人管得着！英国人要乘船，会去坐在大菜间里，那边看看是什么样子？那边，官舱以下的中国客人是不许上去的，所以就好了。是的，这不怪同船的几个朋友要骂这只船是"帝国主义"的船了。"帝国主义的船"！我们到底受了些什么"压迫"呢？有的，有的！

　　我现在且说茶房吧。

　　我若有常常恨着的人，那一定是宁波的茶房了。他们的地盘，一是轮船，二是旅馆。他们的团结，是宗法社会而兼梁山泊式的；所以未可轻侮，正和别的"宁波帮"一样。他们的职务本是照料旅客；但事实正好相反，旅客从他们得着的只是侮辱，恫吓，与欺骗罢了。中国原有"行路难"之叹，那是因交通不便的缘故；但在现在便利的交通之下，即老于行旅的人，也还时时发出这种叹声，这又为什么呢？茶房与码头工人之艰于应付，我想比仅仅的交通不便，有时更显其"难"吧！所以从前的"行路难"是唯物的；现在的却是唯心的。这固然与社会的一般秩序及道德观念有多少关系，不能全由当事人负责任；但当事人的"性格恶"实也占着一个重要的地位的。

　　我是乘船既多，受侮不少，所以姑说轮船里的茶房。你去定舱位的时候，若遇着乘客不多，茶房也许会冷脸相迎；若乘客拥挤，你可就倒霉了。他们或者别转脸，不来理你；或者用一两句比刀子还尖的话，打发你走路——譬如说："等下趟吧。"他说得如此轻松，凭你急死了也不管。大约行旅的人总有些异常，脸上总有一副着急的神气。他们是以逸待劳的，乐得和你开开玩笑，所以一切反应总是懒懒的，冷冷的；你愈急，他们便愈乐了。他们于你也并无仇恨，只想玩弄玩弄，寻寻开心罢了，正和太太们玩弄巴儿狗一样。所以你记着：上船定舱位的时候，千万别先高声呼唤茶房。你不是急于要找他们说话吗？但是他们先得训你一顿，虽然只是低低地自言自语："啥事体啦？哇啦哇啦的！"接着才响声说，"噢，来哉，啥事体啦？"你还得记着：你的话说得愈慢愈好，愈低愈好；不要太客气，也不要太不客气。这样你便是门槛里的人，便是内行；他们固然不见得欢迎你，但也不会玩弄你了。——只冷脸和你简单说话；要知道这已算承蒙青眼，应该受宠若惊的了。

　　定好了舱位，你下船是愈迟愈好；自然，不能过了开船的时候。最好开船前两小时或一小时到船上，那便显得你是一个有"涵养工夫"的，非急莘莘的"阿木林"可比了。而且茶房也得上岸去办他自己的事，去早了倒绊住了他；他虽然可托同伴代为招呼，但总之麻烦了。为了客人而麻烦，在他们是不值得，在客人是不必要；所以客人便只好受"阿木林"的待遇了。有时船于明早十时开行，你今晚十点上去，以为晚上总该合适了；但也不然。晚上他们要打牌，你去了足以扰乱他们的清兴；他们必也恨恨不平的。这其间有一种"分"，一种默喻的"规矩"，有一种"门槛经"，你得先做若干次"阿木林"，才能应付得"恰到好处"呢。

开船以后，你以为茶房闲了，不妨多呼唤几回。你若真这样做时，又该受教训了。茶房日里要谈天，料理私货；晚上要抽大烟，打牌，哪有闲工夫来伺候你！他们早上给你舀一盆脸水，日里给你开饭，饭后给你拧手巾；还有上船时给你摊开铺盖，下船时给你打起铺盖：好了，这已经多了，这已经够了。此外若有特别的事要他们做时，那只算是额外效劳。你得自己走出舱门，慢慢地叫着茶房，慢慢地和他说，他也会照你所说的做，而不加损害于你。最好是预先打听了两个茶房的名字，到这时候悠然叫着，那是更其有效的。但要叫得大方，仿佛很熟悉的样子，不可有一点讷讷。叫名字所以更其有效者，被叫者觉得你有意和他亲近（结果酒资不会少给），而别的茶房或竟以为你与这被叫者本是熟悉的，因而有了相当的敬意；所以你第二次第三次叫时，别人往往会帮着你叫的。但你也只能偶尔叫他们；若常常麻烦，他们将发现，你到底是"阿木林"而冒充内行，他们将立刻改变对你的态度了。至于有些人睡在铺上高声朗诵叫着"茶房"的，那确似乎搭足了架子；在茶房眼中，其为"阿"字号无疑了。他们于是愤然的答应："啥事体啦？哇啦啦！"但走来倒也会走来的。你若再多叫两声，他们又会说："啥事体啦？茶房当山歌唱！"除非你真麻木，或真生了气，你大概总不愿再叫他们了吧。

"子入太庙，每事问"，至今传为美谈。但你入轮船，最好每事不必问。茶房之怕麻烦，之懒惰，是他们的特征；你问他们，他们或说不晓得，或故意和你开开玩笑，好在他们对客人们，除行李外，一切是不负责任的。大概客人们最普遍的问题，"明天可以到吧？""下午可以到吧？"一类。

他们或随便答复，或说："慢慢来好啰，总会到的。"或简单地说："早呢！"总是不得要领的居多。他们的话常常变化，使你不能确信；不确信自然不回了。他们所要的正是耳根清净呀。

茶房在轮船里，总是盘踞在所谓"大菜间"的吃饭间里。他们常常围着桌子闲谈，客人也可插进一两个去。但客人若是坐满了，使他们无处可坐，他们便恨恨了；若在晚上，他们老实不客气将电灯灭了，让你们暗中摸索去吧。所以这吃饭间里的桌子竟像他们专利的。当他们围桌而坐，有几个固然有话可谈；有几个却连话也没有，只默默坐着，或者在打牌。我似乎为他们觉着无聊，但他们也就这样过去了。他们的脸上充满了倦怠，嘲讽，麻木的气氛，仿佛下功夫练就了似的。最可怕的就是这满脸：所谓"施施然拒人于千里之外"者，便是这种脸了。晚上映着电灯光，多少遮过了那灰滞的颜色；他们也开始有了些生气。他们搭了铺抽大烟，或者拖开桌子打牌。他们抽了大烟，渐有笑语；他们打牌，往往通宵达旦——牌声，争论声充满那小小的"大菜间"里。客人们，尤其是抱了病，可睡不着了；但于他们有什么相干呢？活该你们洗耳恭听呀！他们也有不抽大烟，不打牌的，便搬出香烟画片来一张张细细赏玩：这却是"雅人深致"了。

我说过茶房的团结是宗法社会而兼梁山泊式的，但他们中间仍不免时有战氛。浓郁的战氛在船里是见不着的；船里所见，只是轻微淡远的罢了。"唯口出好兴戎"，茶房的口，似乎很值得注意。他们的口，一例是练得极其尖刻的；一面自然也是地方性使然。他们大约是"宁可输在腿上，不肯输在嘴上"。所以即使是同伴之间，往往因为一句有意或无意的，不相干的话，动了真气，抢眉竖目的恨恨半天而不已。这时脸上全失了平时冷静的颜色，而换上热烈的狰狞了。但也终于只是口头"恨恨"而已，真个拔拳来打，举脚来踢的，倒也似乎没有。语云，"君子动口，小人动手"；茶房们虽有所争乎，殆仍不失为君子之道也。有人说，"这正是南方人之所以为南方人"，我想，这话也有理。茶房之于客人，虽也"不肯输在嘴上"，但全是玩弄的态度，动真气的似乎很少；而且你愈动真气，他倒愈可以玩弄你。这大约因为对于客人，是以他们的团体为靠山的；客人总是孤单的多，他们"倚众欺"起来，不怕你不就范的：所以用不着动真气。而且万一吃了客人的亏，那也必是许多同伴陪着他同吃的，不是一个人失了面子：又何必动真气呢？确实说来，客人要他们动真气，还不够资格哪！至于他们同伴间的争执，那才是切身的利害，而且单枪匹马做去，毫无可恃的现成的力量；所以便是小题，也不得不大做了。

茶房若有向客人微笑的时候，那必是收酒资的几分钟了。酒资的数目照理虽无一定，但却有不成文的谱。你按着谱斟酌给予，虽也不能得着一声"谢谢"，但言语的压迫是不会来的了。你若给得太少，离谱太远，他们会始而嘲你，继而骂你，你还得加钱给他们；其实既受了骂，大可以不加的了，但事实上大多数受骂的客人，慑于他们的威势，总是加给他们的。加了以后，还得听许多唠叨才罢。有一回，和我同船的一个学生，本该给一元钱的酒资的，他只给了小洋四角。茶房狠狠力争，终不得要领，于是说："你好带回去做车钱吧！"将钱向铺上一摞，忿然而去。那学生后来终于添了一些钱重交给他；他这才默然拿走，面孔仍是板板的，若有所不屑然。——付了酒资，便该打铺盖了；这时仍是要慢慢来的，一急还是要受教训，虽然你已给过酒资了。铺盖打好以后，茶房的压迫才算是完了，你再预备受码头工人和旅馆茶房的压迫吧。

　　我原是声明了叙述通州轮船中事的，但却做了一首"诅茶房文"；在这里，我似乎有些自己矛盾。不，"天下老鸦一般黑"，我们若很谨慎地将这句话只用在各轮船里的宁波茶房身上，我想是不会悖谬的。所以我虽就一般立说，通州轮船的茶房却已包括在内；特别指明与否，是无关重要的。

　　　　　　　　　　　　　　　　　　　　一九二六年七月，白马湖。

重 庆 行 记

　　这回暑假到成都看看家里人和一些朋友，路过陪都，停留了四日。每天真是东游西走，几乎车不停轮，脚不停步。重庆真忙，像我这个无事的过客，在那大热天里，也不由自主地好比在旋风里转，可见那忙的程度。这倒是现代生活现代都市该有的快拍子。忙中所见，自然有限，并且模糊而不真切。但是换了地方，换了眼界，自然总觉得新鲜些，这就乘兴记下了一点儿。

一、飞

　　我从昆明到重庆是飞的。人们总羡慕海阔天空，以为一片茫茫，无边无界，必然大有可观。因此以为坐海船坐飞机是"不亦快哉！"其实也未必然。晕船晕机之苦且不谈，就是不晕的人或不晕的时候，所见虽大，也未必可观。海洋上见的往往是一片汪洋，水，水，水。当然有浪，但是浪小了无可看，大了无法看——那时得躲进舱里去。船上看浪，远不如岸上，更不如高处。海洋里看浪，也不如江湖里，海洋里只是水，只是浪，显不出那大气力。江湖里有的是遮遮碍碍的，山哪，城哪，什么的，倒容易见出一股劲儿。"江间波浪兼云涌"为的是巫峡勒住了江水："波撼岳阳城"，得有那岳阳城，并且得在那岳阳城楼上看。

　　不错，海洋里可以看日出和日落，但是得有运气。日出和日落全靠云霞烘托才有意思。不然，一轮呆呆的日头简直是个大傻瓜！云霞烘托虽也常有，但往往淡淡的，懒懒的，那还是没意思。得浓，得变，一眨眼一个花样，层出不穷，才有看头。这是可遇而不可求的。平生只见过两回的落日，都在陆上，不在水里。水里看见的，日出也罢，日落也罢，只是些傻瓜而已。这种奇观若是有意为之，大概白费气力居多。有一次大家在衡山上看日出，起了个大清早等着。出来了，出来了，有些人跳着嚷着。那时一丝云彩没有，日光直射，教人睁不开眼，不知那些人看到了些什么，那么跳跳嚷嚷的。许是在自己催眠吧。自然，海洋上也有美丽的日落和日出，见于记载的也有。但是得有运气，而有运气的并不多。

赞叹海的文学，描摹海的艺术，创作者似乎是在船里的少，在岸上的多。海太大太单调，真正伟大的作家也许可以单刀直入，一般离了岸却掉不出枪花来，像变戏法的离开了道具一样。这些文学和艺术引起未曾航海的人许多幻想，也给予已经航海的人许多失望。天空跟海一样，也大也单调。日月星的，云霞的文学和艺术似乎不少，都是下之视上，说到整个儿天空的却不多。星空，夜空还见点儿，昼空除了"青天""明蓝的晴天"或"阴沉沉的天"一类词儿之外，好像再没有什么说的。但是初次坐飞机的人虽无多少文学艺术的背景帮助他的想象，却总还有那"天宽任鸟飞"的想象；加上别人的经验，上之视下，似乎不只是苍苍而已，也有那翻腾的云海，也有那平铺的锦绣。这就够揣摩的。

但是坐过飞机的人觉得也不过如此，云海飘飘拂拂的弥漫了上下四方，的确奇。可是高山上就可以看见；那可以是云海外看云海，似乎比飞机上云海中看云海还清切些。苏东坡说得好："不识庐山真面目，只缘身在此山中。"飞机上看云，有时却只像一堆堆破碎的石头，虽也算得天上人间，可是我们还是愿看流云和停云，不愿看那死云，那荒原上的乱石堆。至于锦绣平铺，大概是有的，我却还未眼见。我只见那"亚洲第一大水扬子江"

可怜得像条臭水沟似的。城市像地图模型，房屋像儿童玩具，也多少给人滑稽感。自己倒并不觉得怎样藐小，却只不明白自己是什么玩意儿。假如在海船里有时会觉得自己是傻子，在飞机上有时便会觉得自己是丑角吧。然而飞机快是真的，两点半钟，到重庆了，这倒真是个"不亦快哉"！

二、热

昆明虽然不见得四时皆春，可的确没有一般所谓夏天。今年直到七月初，晚上我还随时穿上衬绒袍。飞机在空中走，一直不觉得热，下了机过渡到岸上，太阳晒着，也还不觉得怎样热。在昆明听到重庆已经很热。记得两年前端午节在重庆一间屋里坐着，什么也不做，直出汗，那是一个时雨时晴的日子。想着一下机必然汗流浃背，可是过渡花了半点钟，满晒在太阳里，汗珠儿也没有沁出一个。后来知道前两天刚下了雨，天气的确清凉些，而感觉既远不如想象之甚，心里也的确清凉些。

滑竿沿着水边一线的泥路走，似乎随时可以滑下江去，然而毕竟上了坡。有一个坡很长，很宽，铺着大石板。来往的人很多，他们穿着各样的短衣，摇着各样的扇子，真够热闹的。片段的颜色和片段的动作混成一幅斑驳陆离的画面，像出于后期印象派之手。我赏识这幅画，可是好笑那些人，尤其是那些扇子。那些扇子似乎只是无所谓的机械地摇着，好像一些无事忙的人。当时我和那些人隔着一层扇子，和重庆也隔着一层扇子，也许是在滑竿儿上坐着，有人代为出力出汗，会那样心地清凉吧。

第二天上街一走，感觉果然不同，我分别了重庆的热了。扇子也买在手里了。穿着成套的西服在大太阳里等大汽车，等到了车，在车里挤着，实在受不住，只好脱了上装，折起挂在膀子上。有一两回勉强穿起上装站在车里，头上脸上直流汗，手帕子简直揩抹不及，眉毛上，眼镜架上常有汗偷偷地滴下。这偷偷滴下的汗最叫人担心，担心它会滴在面前坐着的太太小姐的衣服上，头脸上，就不是太太小姐，而是绅士先生，也够那个的。再说若碰到那脾气躁的人，更是吃不了兜着走。曾在北平一家戏园里见某甲无意中碰翻了一碗茶，泼些在某乙的竹布长衫上，某甲直说好话，某乙却一声不响地拿起茶壶向某甲身上倒下去。碰到这种人，怕会大闹街车，而且是越闹越热，越热越闹，非到宪兵出面不止。

话虽如此，幸而倒没有出什么岔儿，不过为什么偏要白白的将上装挂在膀子上，甚至还要勉强穿上呢？大概是为的绷一手儿吧。在重庆人看来，这一手其实可笑，他们的夏威夷短裤儿照样绷得起，何必要多出汗呢？这儿重庆人和我到底还隔着一个心眼儿。再就说防空洞吧，重庆的防空洞，真是大大有名，死心眼儿的以为防空洞只能防空，想不到也能防热的，我看沿街的防空洞大半开着，洞口横七竖八的安些床铺、马札子、椅子、凳子，横七竖八地坐着、躺着各样衣着的男人、女人。在街心里走过，瞧着那懒散的样子，未免有点儿烦气。这自然是死心眼儿，但是多出汗又好烦气，我似乎倒比重庆人更感到重庆的热了。

三、行

衣食住行，为什么却从行说起呢？我是行客，写的是行记，自然以为行第一。到了重庆，得办事，得看人，非行不可，若是老在屋里坐着，压根儿我就不会上重庆来了。再说昆明市区小，可以走路；反正住在那儿，这回办不完的事，还可以留着下回办，不妨从从容容地，十分忙或十分懒的时候，才偶尔坐回黄包车、马车或公共汽车。来到重庆可不能这么办，路远、天热，日子少、事情多，只靠两腿怎么也办不了。

况这儿的车又相应、又方便，又何乐而不坐坐呢？

前几年到重庆，似乎坐滑竿最多，其次黄包车，其次才是公共汽车。那时重庆的朋友常劝我坐滑竿，因为重庆东到西长，有一圈儿马路，南到北短，中间却隔着无数层坡儿。滑竿可以爬坡，黄包车只能走马路，往往要兜大圈子。至于公共汽车，常常挤得水泄不通，半路要上下，得费出九牛二虎之力，所以那时我总是起点上终点下的多，回数自然就少。坐滑竿上下坡，一是脚朝天，一是头冲地，有些惊人，但不要紧，滑竿夫倒把得稳。从前黄包车下打铜街那个坡，却真有惊人的着儿，车夫身子向后微仰，两手紧压着车把，不拉车而让车子推着走，脚底下不由自主地忽紧忽慢，看去有时好像不点地似的，但是一个不小心，压不住车把，车子会翻过去，那时真的是脚不点地了，这够险的。所以后来黄包车禁止走那条街，滑竿现在也限制了，只准上坡时坐。可是公共汽车却大进步了。

这回坐公共汽车最多，滑竿最少。重庆的公用汽车分三类，一是特别快车，只停几个大站，一律廿五元，从哪儿坐到哪儿都一样，有些人常拣那候车人少的站口上车，兜个圈子回到原处，再向目的地坐；这样还比走路省时省力，比雇车省时省力省钱。二是专车，只来往政府区的上清寺和商业区的都邮街之间，也只停大站，廿五元。三是公共汽车，站口多，这回没有坐，好像一律十五元，这种车比较慢，行客要的是快，所以我没有坐。慢固然因停的多，更因为等的久。重庆汽车，现在很有秩序了，大家自动的排成单行，依次而进，座位满人，卖票人便宣布还可以挤几个，意思是还可以"站"几个。这时愿意站的可以上前去，不妨越次，但是还得一个跟一个"挤"满了，卖票宣布停止，叫等下次车，便关门吹哨子走了。公共汽车站多价贱，排班老是很长，在腰站上，一次车又往往上不了几个，因此一等就是二三十分钟，行客自然不能那么耐着性儿。

四、衣

二十七年（1938年）春初过桂林，看见满街都是穿灰布制服的，长衫极少，女子也只穿灰衣和裙子。那种整齐，利落，朴素的精神，叫人肃然起敬；这是有训练的公众。后来听说外面人去得多了，长衫又多起来了。国民革命以来，中山服渐渐流行，短衣日见其多，抗战后更其盛行。从前看不起军人，看不惯洋人，短衣不愿穿，只有女人才穿两截衣，哪有堂堂男子汉去穿两截衣的。可是时世不同了，男子倒以短装为主，女子反而穿一截衣了。桂林长衫增多，增多的大概是些旧长衫，只算是回光返照。可是这两三年各处却有不少的新长衫出现，这是因为公家发的平价布不能做短服，只能做长衫，是个将就局儿。相信战后材料方便，还要回到短装的，这也是一种现代化。

四川民众苦于多年的省内混战，对于兵字深恶痛绝，特别称为"二尺五"和"棒客"，列为一等人。我们向来有"短衣帮"的名目，是泛指，"二尺五"却是特指，可都是看不起短衣。四川似乎特别看重长衫，乡下人赶场或入市，往往头缠白布，脚蹬草鞋，身上却穿着青布长衫。是粗布，有时很长，又常东补一块，西补一块的，可不含糊是长衫。也许向来是天府之国，衣食足而后知礼义，便特别讲究仪表，至今还留着些流风余韵吧？

然而城市中人却早就在赶时髦改短装了。短装原是洋派，但是不必遗憾，赵武灵王不是改了短装强兵强国吗？短装至少有好些方便的地方：夏天穿个衬衫短裤就可以大模大样地在街上走，长衫就似乎不成。只有广东天热，又不像四川在意小节，短衫裤可以行街。可是所谓短衫裤原是长裤短衫，广东的短衫又很长，所以还行得通，不过好像不及衬衫短裤的派头。

　　不过衬衫短裤似乎到底是便装，记得北平有个大学开教授会，有一位教授穿衬衫出入，居然就有人提出风纪问题来。三年前的夏季，在重庆我就见到有穿衬衫赴宴的了，这是一位中年的中级公务员，而那宴会是很正式的，座中还有位老年的参政员。可是那晚的确热，主人自己脱了上装，又请客人宽衣，于是短衫和衬衫围着圆桌子，大家也就一样了。西服的客人大概搭着上装来，到门口穿上，到屋里经主人一声"宽衣"，便又脱下，告辞时还是搭着走。其实真是多此一举，那么热还绷个什么呢？不如衬衫入座倒干脆些。可是中装的却得穿着长衫来去，只在室内才能脱下。西服客人累累赘赘带着上装，倒可以陪他们受点儿小罪，叫他们不至于因为这点不平而对于世道人心长呼短叹。

　　战时一切从简，衬衫赴宴正是"从简"。"从简"提高了便装的地位，于是乎造成了短便装的风气。先有皮夹克，春秋冬三季（在昆明是四季），大街上到处都见，黄的、黑的、拉链的、扣钮的、收底的、不收底边的，花样繁多。穿的人青年中年不分彼此，只除了六十以上的老头儿。从前穿的人多少带些个"洋"关系，现在不然，我曾在昆明乡下见过一个种地的，穿的正是这皮夹克，虽然旧些。不过还是司机穿的最早，这成个司机文化一个重要项目。皮夹克更是哪儿都可去，昆明我的一位教授朋友，就穿着一件老皮夹克教书、演讲、赴宴、参加典礼，到重庆开会，差不多是皮夹克为记。这位教授穿皮夹克，似乎在学晏子穿狐裘，三十年就靠那一件衣服，他是不是赶时髦，我不能冤枉人，然而皮夹克上了运是真的。

再就是我要说的这两年至少在重庆风行的夏威夷衬衫，简称夏威夷衫，最简称夏威衣。这种衬衫创自夏威夷，就是檀香山，原是一种土风。夏威夷岛在热带，译名虽从音，似乎也兼义。夏威夷衣自然只宜于热天，只宜于有"夏威"的地方，如中国的重庆等。重庆流行夏威衣却似乎只是近一两年的事。去年夏天一位朋友从重庆回到昆明，说是曾看见某首长穿着这种衣服在别墅的路上散步，虽然在黄昏时分，我的这位书生朋友总觉得不大像样子。今年我却看见满街都是的，这就是所谓上行下效吧？

夏威衣翻领像西服的上装，对襟面袖，前后等长，不收底边，不开岔儿，比衬衫短些。除了翻领，简直跟中国的短衫或小衫一般无二。但短衫穿不上街，夏威衣即可堂哉皇哉在重庆市中走来走去。那翻领是具体而微的西服，不缺少洋味，至于凉快，也是有的。夏威衣的确比衬衫通风；而看起来飘飘然，心上也爽利。重庆的夏威衣五光十色，好像白绸子黄卡其居多，土布也有，绸的便更见其飘飘然，配长裤的好像比配短裤的多一些。在人行道上有时通过持续来了三五件夏威衣，一阵飘过去似的，倒也别有风味，参差零落就差点劲儿。夏威衣在重庆似乎比皮夹克还普遍些，因为便宜得多，但不知也会像皮夹克那样上品否。到了成都时，宴会上遇见一位上海新来的青年衬衫短裤入门，却不喜欢夏威衣（他说上海也有），说是无礼貌。这可是在成都、重庆人大概不会这样想吧？

一九四四年九月七日作。

威 尼 斯

　　威尼斯（Venice）是一个别致地方。出了火车站，你立刻便会觉得；这里没有汽车，要到哪儿，不是搭小火轮，便是雇"刚朵拉"（Gondola）。大运河穿过威尼斯像反写的S；这就是大街。另有小河道四百十八条，这些就是小胡同。轮船像公共汽车，在大街上走："刚朵拉"是一种摇橹的小船，威尼斯所特有，它哪儿都去。威尼斯并非没有桥；三百七十八座，有的是。只要不怕转弯抹角，哪儿都走得到，用不着下河去。可是轮船中人还是很多，"刚朵拉"的买卖也似乎并不坏。

　　威尼斯是"海中的城"，在意大利半岛的东北角上，是一群小岛，外面一道沙堤隔开亚得里亚海。在圣马克广场的钟楼上看，团花簇锦似的东一块西一块在绿波里荡漾着。远处是水天相接，一片茫茫。这里没有什么煤烟，天空干干净净；在温和的日光中，一切都像透明的。中国人到此，仿佛在江南的水乡；夏初从欧洲北部来的，在这儿还可看见清清楚楚的春天的背影。海水那么绿，那么酽，会带你到梦中去。

　　威尼斯不单是明媚，在圣马克广场走走就知道。这个广场南面临着一道运河；场中偏东南便是那可以望远的钟楼。威尼斯最热闹的地方是这儿，最华妙庄严的地方也是这儿。除了西边，围着的都是三百年以上的建筑，东边居中是圣马克堂，却有了八九百年——钟楼便在它的右首。再向右是"新衙门"；教堂左首是"老衙门"。这两溜儿楼房的下一层，现在满开了铺子。

铺子前面是长廊，一天到晚是来来去去的人。紧接着教堂，直伸向运河去的是公爷府；这个一半属于小广场，另一半便属于运河了。

圣马克堂是广场的主人，建筑在十一世纪，原是卑赞廷式，以直线为主。十四世纪加上戈昔式的装饰，如尖拱门等；十七世纪又参入文艺复兴期的装饰，如栏杆等。所以庄严华妙，兼而有之；这正是威尼斯人的漂亮劲儿。教堂里屋顶与墙壁上满是碎玻璃嵌成的画，大概是真金色的地，蓝色和红色的圣灵像。这些像做得非常肃穆。教堂的地是用大理石铺的，颜色花样种种不同。在那种空阔阴暗的氛围中，你觉得伟丽，也觉得森严。教堂左右那两溜儿楼房，式样各别，并不对称；钟楼高三百二十二英尺，也偏在一边儿。但这两溜房子都是三层，都有许多拱门，恰与教堂的门面与圆顶相称；又都是白石造成，越衬出教堂的金碧辉煌来。教堂右边是向运河去的路，是一个小广场，本来显得空阔些，钟楼恰好填了这个空子。好像我们戏里大将出场，后面一杆旗子总是偏着取势；这广场中的建筑，节奏其实是和谐不过的。十八世纪意大利卡那来陀（Canaleto）一派画家专画威尼斯的建筑，取材于这广场的很多。德国德莱司敦画院中有几张，真好。

公爷府里有好些名人的壁画和屋顶画，丁陶来陀（Tintoretto，十六世纪）的大画《乐园》最著名；但更重要的是它建筑的价值。运河上有了这所房子，增加了不少颜色。这全然是戈昔式；动工在九世纪初，以后屡次遭火，屡次重修，现在的据说还是原来的式样。最好看的是它的西南两面；西面斜对着圣马克广场，南面正在运河上。在运河里看，真像在画中。它也是三层：下两层是尖拱门，一眼看去，无数的柱子。最下层的拱门简单疏阔，是载重的样子；上一层便繁密得多，为装饰之用；最上层却更简单，一根柱子没有，除了疏疏落落的窗和门之外，都是整块的墙面。墙面上用白的与玫瑰红的大理石砌成素朴的方纹，在日光里鲜明得像少女一般。威尼斯人真不愧着色的能手。这所房子从运河中看，好像在水里。下两层是玲珑的架子，上一层才是屋子；这是很巧的结构，加上那艳而雅的颜色，令人有惝恍迷离之感。府后有太息桥；从前一边是监狱，一边是法院，狱囚提讯须过这里，所以得名。拜伦诗中曾咏此，因而便脍炙人口起来，其实也只是近世的东西。

威尼斯的夜曲是很著名的。夜曲本是一种抒情的曲子，夜晚在人家窗下随便唱。可是运河里也有：晚上在圣马克广场的河边上，看见河中有红绿的纸球灯，便是唱夜曲的船。雇了"刚朵拉"摇过去，靠着那个船停下，船在水中间，两边挨次排着"刚朵拉"，在微波里荡着，像是两只翅膀。唱曲的有男有女，围着一张桌子坐，轮到了便站起来唱，旁边有音乐和着。曲词自然是意大利语，意大利的语音据说最纯粹，最清朗。听起来似乎的确斩截些，女人的尤其如此——意大利的歌女是出名的。音乐节奏繁密，声情热烈，想来是最流行的"爵士乐"。在微微摇摆的红绿灯球底下，颤着醲醲的歌喉，运河上一片朦胧的夜也似乎透出玫瑰红的样子。唱完几曲之后，船上有人跨过来，反拿着帽子收钱，多少随意。不愿意听了，还可摇到第二处去。这个略略像当年的秦淮河的光景，但秦淮河却热闹得多。

从圣马克广场向西北去，有两个教堂在艺术上是很重要的。一个是圣罗珂堂，旁边有一所屋子，墙上屋顶上满是画；楼上下大小三间屋，共六十二幅画，是丁陶来陀的手笔。屋里暗极，只有早晨看得清楚。丁陶来陀作画时，因地制宜，大部分只粗粗勾勒，利用阴影，叫人看了觉得是几经琢磨似的。《十字架》一幅在楼上小屋内，力量最雄厚。佛拉利堂在圣罗珂近旁，有大画家铁沁（Titian，十六世纪）和近代雕刻家卡奴洼（Canova）的纪念碑。卡奴洼的，灵巧，是自己打的样子；铁沁的，宏壮，是十九世纪中叶才完成的。他的《圣处女升天图》挂在神坛后面，那朱红与亮蓝两种颜色鲜明极了，全幅气韵流动，如风行水上。倍里尼（Giovanni Belini，十五世纪）的《圣母像》，也是他的精品。他们都还有别的画在这个教堂里。

从圣马克广场沿河直向东去，有一处公园；从一八九五年起，每两年在此地开国际艺术展览会一次。今年是第十八届；加入展览的有意，荷，比，西，丹，法，英，奥，苏俄，美，匈，瑞士，波兰等十三国，意大利的东西自然最多，种类繁极了；未来派立体派的图画雕刻，都可见到，还有别的许多新奇的作品，说不出路数。颜色大概鲜明，教人眼睛发亮；建筑也是新式，简洁不啰唆，痛快之至。苏俄的作品不多，大概是工农生活的表现，兼有沉毅和高兴的调子。他们也用鲜明的颜色，但显然没有很费心思在艺术上，作风老老实实，并不向牛犄角里寻找新奇的玩意儿。

威尼斯的玻璃器皿，刻花皮件，都是名产，以典丽风华胜，缂丝也不错。大理石小雕像，是著名大品的缩本，出于名手的还有味。

一九三二年七月十三日作。

巴　　黎

　　塞纳河穿过巴黎城中，像一道圆弧。河南称为左岸，著名的拉丁区就在这里。河北称为右岸，地方有左岸两个大，巴黎的繁华全在这一带；说巴黎是"花都"，这一溜儿才真是的。右岸不是穷学生苦学生所能常去的，所以有一位中国朋友说他是左岸的人，抱"不过河"主义；区区一衣带水，却分开了两般人。但论到艺术，两岸可是各有胜场；我们不妨说整个儿巴黎是一座艺术城。从前人说"六朝"卖菜佣都有烟水气，巴黎人谁身上大概都长着一两根雅骨吧。你瞧公园里，大街上，有的是喷水，有的是雕像，博物院处处是，展览会常常开；他们几乎像呼吸空气一样呼吸着艺术气，自然而然就雅起来了。

　　右岸的中心是刚果广场。这广场很宽阔，四通八达，周围都是名胜。中间巍巍地矗立着埃及拉米塞司第二的纪功碑。碑是方锥形，高七十六英尺，上面刻着象形文字。一八三六年移到这里，转眼就是一百年了。左右各有一座铜喷水，大得很。水池边环列着些铜雕像，代表着法国各大城。其中有一座代表司太司堡。自从一八七〇年那地方割归德国以后，法国人每年七月十四国庆日总在像上放些花圈和大草叶，终年地搁着让人惊醒。直到一九一八年十一月和约告成，司太司堡重归法国，这才停止。纪功碑与喷水每星期六晚用弧光灯照耀。那碑像从幽暗中脱颖而出；那水像山上崩腾下来的雪。这场子原是法国革命时候断头台的旧址。在"恐怖时代"，路易十六与王后，还有各党各派的人轮班在这儿低头受戮。但现在一点痕迹也没有了。

场东是砖厂花园。也有一个喷水池；白石雕像成行，与一丛丛绿树掩映着。在这里徘徊，可以一直徘徊下去，四围那些纷纷的车马，简直若有若无。花园是所谓法国式，将花草分成一畦畦的，各个排成精巧的花纹，互相对称着。又整洁，又玲珑，教人看着赏心悦目；可是没有野情，也没有蓬勃之气，像北平的巴儿狗。这里春天游人最多，挤挤挨挨的。有时有音乐会，在绿树荫中。乐韵悠扬，随风飘到场中每一个人的耳朵里。再东是加罗塞广场，只隔着一道不宽的马路。路易十四时代，这是一个校场。场中有一座小凯旋门，是拿破仑造来纪胜的，仿罗马某一座门的式样。拿破仑叫将从威尼斯圣马克堂抢来的驷马铜像安在门顶上。但到了一八一四年，那铜像终于回了老家。法国只好换上一个新的，光彩自然差得多。

刚果广场西是大名鼎鼎的仙街，直达凯旋门。有四里半长。凯旋门地势高，从刚果广场望过去像没多远似的，一走可就知道。街的东半截儿，两旁简直是园子，春天绿叶子密密地遮着；西半截儿才真是街。街道非常宽敞。夹道两行树，笔直笔直地向凯旋门奔凑上去。凯旋门巍峨爽朗地盘踞在街尽头，好像在半天上。欧洲名都街道的形势，怕再没有赶上这儿的；称为"仙街"，不算说大话。街上有戏院，舞场，饭店，够游客们玩儿乐的。凯旋门一八〇六年开工，也是拿破仑造来纪功的。但他并没有看它的完成。门高一百六十英尺，宽一百六十四英尺，进深七十二英尺，是世界凯旋门中最大的。门上雕刻着一七九二至一八一五年间法国战事片段的景子，都出于名手。其中罗特（Burguudian　Rude，十九世纪）的"出师"一景，慷慨激昂，至今还可以作我们的气。这座门更有一个特别的地方：在拿破仑周忌那一天，从仙街向上看，团团的落日恰好扣在门圈儿里。门圈儿底下是一个无名兵士的墓；他埋在这里，代表大战中死难的一百五十万法国兵。墓是平的，地上嵌着文字；中央有个纪念火，焰子粗粗的，红红的，在风里摇晃着。这个火每天由参战军人团团员来点。门顶可以上去，乘电梯或爬石梯都成；石梯是二百七十三级。上面看，周围不下十二条林荫路，都辐辏到门下，宛然一个大车轮子。

刚果广场东北有四道大街衔接着，是巴黎最繁华的地方。大铺子差不多都在这一带，珠宝市也在这儿。各店家陈列窗里五花八门，五光十色，珍奇精巧，兼而有之；管保你走一天两天看不完，也看不倦。步道上人挨挨凑凑，常要躲闪着过去。电灯一亮，更不容易走。街上"咖啡"东一处西一处的，沿街安着座儿，有点儿像北平中山公园里的茶座儿。客人慢慢地喝着咖啡或别的，慢慢地抽烟，看来往的人。"咖啡"本是法国的玩意儿；巴黎差不多每道街都有，怕是比哪儿都多。巴黎人喝咖啡几乎成了癖，就像我国南方人爱上茶馆。"咖啡"里往往备有纸笔，许多人都在那儿写信；还有人让"咖啡"收信，简直当作自己的家。文人画家更爱坐"咖啡"；他们爱的是无拘无束，容易会朋友，高谈阔论。爱写信固然可以写信，爱作诗也可以作诗。大诗人魏尔仑（Verlaine）的诗，据说少有不在"咖啡"里写的。坐"咖啡"也有派别。一来"咖啡"是熟的好，二来人是熟的好。久而久之，某派人坐某"咖啡"便成了自然之势。这所谓派，当然指文人艺术家而言。一个人独自去坐"咖啡"，偶尔一回，也许不是没有意思，常去却未免寂寞得慌；这也与我国南方人上茶馆一样。若是外国人而又不懂话，那就更可不必去。巴黎最大的"咖啡"有三个，却都在左岸。这三座"咖啡"名字里都含着"圆圆的"意思，都是文人艺术家荟萃的地方。里面装饰满是新派。其中一家，电灯壁画满是立体派，据说这些画全出于名家之手。另一家据说时常陈列着当代画家的作品，待善价而沽之。坐"咖啡"之外还有站"咖啡"，却有点像我国南方的喝柜台酒。这种"咖啡"大概小些。柜台长长的，客人围着要吃的喝的。吃喝都便宜些，为的是不用多伺候你，你吃喝也比较不舒服些。站"咖啡"的人脸向里，没有什么看的，大概吃喝完了就走。但也有人用胳膊肘儿斜靠在柜台上，半边身子偏向外，写意地眺望，谈天儿。巴黎人吃早点，多半在"咖啡"里。普通是一杯咖啡，两三个月牙饼就够了，不像英国人吃得那么多。月牙饼是一种面包，月牙形，酥而软，趁热吃最香；法国人本会烘面包，这一种不但好吃，而且好看。

　　卢森堡花园也在左岸，因卢森堡宫而得名。宫建于十七世纪初年，曾用作监狱，现在是上议院。花园甚大。里面有两座大喷水，背对背紧挨着。其一是梅迭契喷水，雕刻的是亚西司（Acis）与加拉台亚（Galatea）的故事。巨人波力非摩司（Polyphamos）爱加拉台亚。他晓得她喜欢亚西司，便向他头上扔下一块大石头，将他打死。加拉台亚无法使亚西司复活，只将他变成一道河水。这个故事用在一座喷水上，倒有些远意。园中绿树成行，浓荫满地，白石雕像极多，也有铜的。巴黎的雕像真如家常便饭。花园南头，自成一局，是一条荫道。最南头，天文台前面又是一座喷水，中央四个力士高高地扛着四限仪，下边环绕着四对奔马，气象雄伟得很。这是卡波（Carpeaus，十九世纪）所作。卡波与罗特同为写实派，所作以形线柔美著。

　　沿着塞纳河南的河墙，一带旧书摊儿，六七里长，也是左岸特有的风光。

有点像北平东安市场里旧书摊儿。可是背景太好了。河水终日悠悠地流着，两头一眼望不尽；左边卢浮宫，右边圣母堂，古香古色的。书摊儿黯黯的，低低的，窄窄的一溜；一小格儿一小格儿，或连或断，可没有东安市场里的大。摊上放着些破书；旁边小凳子上坐着掌柜的。到时候将摊儿盖上，锁上小铁锁就走。这些情形也活像东安市场。

　　铁塔在巴黎西头，塞纳河东岸，高约一千英尺，算是世界上最高的塔。工程艰难浩大，建筑师名爱非尔（Eiffel），也称为爱非尔塔。全塔用铁骨造成，如网状，空处多于实处，轻便灵巧，亭亭直上，颇有戈昔式的余风。塔基占地十七亩，分三层。头层离地一百八十六英尺，二层三百七十七英尺，三层九百二十四英尺，连顶九百八十四英尺。头二层有"咖啡"，酒馆及小摊儿等。电梯步梯都有，电梯分上下两厢，一厢载直上直下的客人，一厢载在头层停留的客人。最上层却非用电梯不可。那梯口常常拥挤不堪。壁上贴着"小心扒手"的标语，收票人等嘴里还不住地唱道，"小心呀！"这一段儿走得可慢极，大约也是"小心"吧。最上层只有卖纪念品的摊儿和一些问心机。这种问心机欧洲各游戏场中常见；是些小铁箱，一箱管一事。放一个钱进去，便可得到回答；回答若干条是印好的，指针所停止的地方就是专答你。也有用电话回答的。譬如你要问流年，便向流年箱内投进钱去。这实在是一种开心的玩意儿。这层还专设一信箱；寄的信上盖铁塔形邮戳，好让亲友们留作纪念。塔上最宜远望，全巴黎都在眼下。但尽是密匝匝的房子，只觉应接不暇而无苍茫之感。塔上满缀着电灯，晚上便是种种广告；在暗夜里这种明妆倒值得一番领略。隔河是特罗卡代罗（Trocadéro）大厦，有道桥笔直地通着。这所大厦是为一八七八年的博览会造的。中央圆形，圆窗圆顶，两支高高的尖塔分列顶侧；左右翼是新月形的长房。下面许多级台阶，阶下一个大喷水池，也是圆的。大厦前是公园，铁塔下也是的；一片空阔，一片绿。所以大厦远看近看都显出雄巍巍的。大厦的正厅可容五千人。它的大在横里；铁塔的大在直里。一横一直，恰好称得住。

歌剧院在右岸的闹市中。门墙是威尼斯式，已经乌暗暗的，走近前细看，才见出上面精美的雕饰。下层一排七座门，门间都安着些小雕像。其中罗特的《舞群》，最有血有肉，有情有力。罗特是写实派作家，所以如此。但因为太生动了，当时有些人还见不惯；一八六九年这些雕像揭幕的时候，一个宗教狂的人，趁夜里悄悄地向这群像上倒了一瓶墨水。这件事传开了，然而罗特却因此成了一派。院里的楼梯以宏丽著名。全用大理石，又白，又滑，又宽；栏杆是低低儿的。加上罗马式圆拱门，一对对爱翁匿克式石柱，雕像上的电灯烛，真是堆花簇锦一般。那一片电灯光像海，又像月，照着你缓缓走上梯去。幕间休息的时候，大家都离开座儿各处走。这儿休息的时间特别长，法国人乐意趁这闲工夫在剧院里散散步，谈谈话，来一点吃的喝的。休息室里散步的人最多。这是一间顶长顶高的大厅，华丽的灯光淡淡地布满了一屋子。一边是成排的落地长窗，一边是几座高大的门；墙上略略有些装饰，地下铺着毯子。屋里空落落的，客人穿梭般来往。太太小姐们大多穿着各色各样的晚服，露着脖子和膀子。"衣香鬓影"，这里才真够味儿。歌剧院是国家的，只演古典的歌剧，间或也演队舞（Ballet），总是堂皇富丽的玩意儿。

国葬院在左岸。原是巴黎护城神圣也奈韦夫（St.Geneviéve）的教堂；大革命后，一般思想崇拜神圣不如崇拜伟人了，于是改为这个；后来又改回去两次，一八五五年才算定了。伏尔泰，卢梭，雨果，左拉，都葬在这里。院中很为宽宏，高大的圆拱门，架着些圆顶，都是罗马式。顶上都有装饰的图案和画。中央的穹隆顶高二百七十二英尺，可以上去。院中壁上画着法国与巴黎的历史故事，名笔颇多。沙畹（Puvisde Chavannes，十九世纪）的便不少。其中《圣也奈韦夫俯视着巴黎城》一幅，正是月圆人静的深夜，圣还独对着油盏火；她似乎有些倦了，慢慢踱出来，凭栏远望，全巴黎城在她保护之下安睡了；瞧她那慈祥和蔼一往情深的样子。圣也奈韦夫于五世纪初年，生在离巴黎二十四里的囊台儿村（Nanterre）里。幼时听圣也曼讲道，深为感悟。圣也曼也说她根器好，着实勉励了一番。后来她到巴黎，尽力于救济事业。五世纪中叶，匈奴将来侵巴黎，全城震惊。她力劝人民镇静，依赖神明，颇能教人相信。匈奴到底也没有成。以后巴黎真经兵乱，她于救济事业加倍努力。她活了九十岁。晚年倡议在巴黎给圣彼得与圣保罗修一座教堂。动工的第二年，她就死了。等教堂落成，却发现她已葬在里头；此外还有许多奇异的传说。因此这座教堂只好作为奉祀她的了。这座教堂便是现在的国葬院。院的门墙是希腊式，三角楣下，一排哥林斯式的石柱。院旁有圣爱的昂堂，不大。现在是圣也奈韦夫埋灰之所。祭坛前的石刻花屏极华美，是十六世纪的东西。

左岸还有伤兵养老院。其中兵甲馆，收藏废弃的武器及战利品。有一间满悬着三色旗，屋顶上正悬着，两壁上斜插着，一面挨一面的。屋子很长，一进去但觉千层百层鲜明的彩色，静静地交映着。院有穹隆顶，高三百四十英尺，直径八十六英尺，造于十七世纪中，优美庄严，胜于国葬院的。顶下原是一个教堂，拿破仑墓就在这里。堂外有宽大的台阶儿，有多力克式与哥林斯式石柱。进门最叫你舒服的是那屋里的光。那是从染色玻璃窗射下来的淡淡的金光，软得像一股水。堂中央一个窨，圆的，深二十英尺，直径三十六英尺，花岗石枢居中，十二座雕像环绕着，代表拿破仑重要的战功；像间分六列插着五十四面旗子，是他的战利品。堂正面是祭坛；周围许多龛堂，埋着王公贵人。一律圆拱门；地上嵌花纹，窨中也这样。拿破仑死在圣赫勒拿岛，遗嘱愿望将骨灰安顿在塞纳河旁，他所深爱的法国人民中间。待他死后十九年，一八四〇年，这愿望才达到了。

塞纳河里有两个小洲，小到不容易觉出。西头的叫城洲，洲上两所教堂是巴黎的名迹。洲东的圣母堂更为煊赫。堂成于十二世纪，中间经过许多变迁，到十九世纪中叶重修，才有现在的样子。这是"装饰的戈昔式"建筑的最好的代表。正面朝西，分三层。下层三座尖拱门。这种门很深，门圈儿是一棱套着一棱的，越望里越小；棱间与门上雕着许多大像小像，都是《圣经》中的人物。中层是窗子，两边的尖拱形，分雕着亚当夏娃像；中央的浑圆形，雕着"圣处女"像。上层是栏杆。最上两座钟楼，各高二百二十七英尺；两楼间露出后面尖塔的尖儿，一个伶俐瘦劲的身影。这座塔是勒丢克（Vielletie Duc，十九世纪）所造，比钟楼还高五十八英尺；但从正面看，像一般高似的，这正是建筑师的妙用。朝南还有一个旁门，雕饰也繁密得很。从背后看，左右两排支墙（Buttress）像一对对的翅膀，作飞起的势子。支墙上虽也有些装饰，却不为装饰而有。原来戈昔式的房子高，窗子大，墙的力量支不住那些石头的拱顶，因此非从墙外想法不可。支墙便是这样来的。这是戈昔式的致命伤；许多戈昔式建筑容易圮毁，正是为此。堂里满是彩绘的高玻璃窗子，阴森森的，只看见石柱子，尖拱门，肋骨似的屋顶。中间神堂，两边四排廊路，周围三十七间龛堂，像另自成个世界。堂中的讲坛与管风琴都是名手所作。歌队座与牧师座上的动植物木刻，也以精工著。戈昔式教堂里雕绘最繁；其中取材于教堂所在地的花果的尤多。所雕绘的大抵以近真为主。这种一半为装饰，一半也为教导，让那些不识字的人多知道些事物，作用和百科全书差不多。堂中有宝库，收藏历来珍贵的东西，如金龛，金十字架之类，灿烂耀眼。拿破仑于一八〇四年在这儿加冕，那时穿的长袍也陈列在这个库里。北钟楼许人上去，可以看见墙角上石刻的妖兽，奇丑怕人，俯视着下方，据说是吐溜水的。雨果写过《巴黎圣母堂》一部小说，所叙是四百年前的情形，有些还和现在一样。

圣龛堂在洲西头，是全巴黎戈昔式建筑中之最美丽者。罗斯金更说是"北欧洲最珍贵的一所戈昔式"。在一二三八那一年，"圣路易"王听说君士坦丁皇帝包尔温将"棘冠"押给威尼斯商人，无力取赎，"棘冠"已归商人们所有，急得什么似的。他要将这件无价之宝收回，便异想天开地在犹太人身上加了一种"苛捐杂税"。过了一年，"棘冠"果然弄回来，还得了些别的小宝贝，如"真十字架"的片段等。他这一乐非同小可，命令某建筑师造一所教堂供奉这些宝物；要造得好，配得上。一二四五年起手，三年落成。名建筑家勒丢克说："这所教堂内容如此复杂，花样如此繁多，活儿如此利落，材料如此美丽，真想不出在那样短的时期里如何成功的。"这样两个龛堂，一上一下，都是金碧辉煌的。下堂尖拱重叠，纵横交互；中央拱低而阔，所以地方并不大而极有开朗之势。堂中原供的"圣处女"像，传说灵迹甚多。上堂却高多了，有彩绘的玻璃窗子十五堵；窗下沿墙有龛，低得可怜相。柱上相间地安着十二使徒像；有两尊很古老，别的都是近世仿作。玻璃绘画似乎与戈昔艺术分不开；十三世纪后者最盛，前者也最盛。画法用许多颜色玻璃拼合而成，相连处以铅焊之，再用铁条夹住。着色有浓淡之别。淡色所以使日光柔和缥缈。但浓色的多，大概用深蓝做地子，加上点儿黄白与宝石红，取其衬托鲜明。这种窗子也兼有装饰与教导的好处；所画或为几何图案，或为人物故事。还有一堵"玫瑰窗"，是象征"圣处女"的；画是圆形，花纹都从中心分出。据说这堵窗是玫瑰窗中最亲切有味的，因为它的温暖的颜色比别的更接近看的人。但这种感想东方人不会有。这龛堂有一座金色的尖塔，是勒丢克造的。

毛得林堂在刚果广场之东北，造于近代。形式仿希腊神庙，四面五十二根哥林斯式石柱，围成一个廊子。壁上左右各有一排大龛子，安着群圣的像。堂里也是一行行同式的石柱；却使用各种颜色的大理石，华丽悦目。圣心院在巴黎市外东北方，也是近代造的，至今还未完成，堂在一座小山的顶上，山脚下有两道飞阶直通上去。也通索子铁路。堂的规模极宏伟，有四个穹隆顶，一个大的，带三个小的，都量卑赞廷式；另外一座方形高钟楼，里面的钟重两万九千斤。堂里能容八千人，但还没有加以装饰。房子是白色，台阶也是的，一种单纯的力量压得住人。堂高而大，巴黎周围若干里外便可看见。站在堂前的平场里，或爬上穹隆顶里，也可看个五六十里。造堂时工程浩大，单是打地基一项，就花掉约四百万元；因为土太松了，撑不住，根基要一直打到山脚下。所以有人半真半假地说，就是移了山，这教堂也不会倒的。

巴黎博物院之多，真可算甲于世界。就这一桩儿，便可教你流连忘返。

但须徘徊玩索才有味，走马看花是不成的。一个行色匆匆的游客，在这种地方往往无可奈何。博物院以卢浮宫（Louvre）为最大；这是就全世界论，不单就巴黎论。卢浮宫在加罗塞广场之东；主要的建筑是口字形，南头向西伸出一长条儿。这里本是一座堡垒，后来改为王宫。大革命后，各处王宫里的画，宫苑里的雕刻，都保存在此；改为故宫博物院，自然是很顺当的。博物院成立后，历来的政府都尽力搜罗好东西放进去；拿破仑从各国"搬"来大宗的画，更为博物院生色不少。宫房占地极宽，站在那方院子里，颇有海阔天空的意味。院子里养着些鸽子，成群地孤单地仰着头挺着胸在地上一步步地走，一点不怕人。撒些饼干面包之类，它们便都向你身边来。房子造得秀雅而庄严，壁上安着许多王公的雕像。熟悉法国历史的人，到此一定会发思古之幽情的。

卢浮宫好像一座宝山，蕴藏的东西实在太多，教人不知从哪儿说起好。画为最，还有雕刻，古物，装饰美术等，真是琳琅满目。乍进去的人一时摸不着头脑，往往弄得糊里糊涂。就中最脍炙人口的有三件。一是达·芬奇的《蒙娜丽莎》像，大约作于一五〇五年前后，是觉孔达（Joconda）夫人的画像。相传达·芬奇这幅像画了四个年头，因为要那甜美的微笑的样子，每回"临像"的时候，总请些乐人弹唱给她听，让她高高兴兴坐着。像画好了，他却爱上她了。这幅画是佛兰西司第一手里买的，他没有准儿许认识那女人。一九一一年画曾被人偷走，但两年之后，到底从意大利找回来了。十六世纪中叶，意大利已公认此画为不可有二的画像杰作，作者在与造化争巧。画的奇处就在那一丝儿微笑上。那微笑太飘忽了，太难捉摸了，好像常常在变幻。这果然是个"奇迹"，不过也只是造型的"奇迹"罢了。这儿也有些理想在内；达·芬奇笔下夹带了一些他心目中的圣母的神气。近世讨论那微笑的可太多了。诗人，哲学家，有的是；他们都想找出点儿意义来。于是蒙娜丽莎成为一个神秘的浪漫的人了；她那微笑成为"人狮（Sphinx）的凝视"或"鄙薄的讽笑"了。这大概是她与达·芬奇都梦想不到的吧。

二是米罗（Milo）《爱神》像。一八二〇年米罗岛一个农人发现这座像，卖给法国政府只卖了五千块钱。据近代考古学家研究，这座像当作于纪元前一百年左右。那两只胳膊都没有了；它们是怎么个安法，却大大费了一班考古家的心思。这座像不但有生动的形态，而且有温暖的骨肉。她又强壮，又清明；单纯而伟大，朴真而不奇。所谓清明，是身心都健的表象，与麻木不同。这种作风颇与纪元前五世纪希腊巴昔农（Panthenon）庙的监造人，雕刻家费铁亚司（Phidias）相近。因此法国学者雷那西（S.Reinach，新近去世）在他的名著《亚波罗》（美术史）中相信这座像作于纪元前四世纪中。他并且相信这座像不是爱神微那司而是海女神安非特利特（Amphitrite）；因为它没有细腻，缥缈，娇羞，多情的样子。三是沙摩司雷司（Samothrace）的《胜利女神像》。女神站在冲波而进的船头上，吹着一支喇叭。但是现在头和手都没有了，剩下翅膀与身子。这座像是还愿的。纪元前三〇六年波立尔塞特司（Demetrius Poliorcetes）在塞勃勒司（Cyprus）岛打败了埃及大将陶来买（Ptolemy）的水师，便在沙摩司雷司岛造了这座像。衣裳雕得最好；那是一件薄薄的软软的衣裳，光影的准确，衣褶的精细流动；加上那下半截儿被风吹得好像弗弗有声，上半截儿却紧紧地贴着身子，很有趣地对照着。因为衣裳雕得好，才显出那筋肉的力量；那身子在摇晃着，在挺进着，一团胜利的喜悦的劲儿。还有，海风呼呼地吹着，船尖儿嘶嘶地响着，将一片碧波分成两条长长的白道儿。

卢森堡博物院专藏近代艺术家的作品。他们或新故，或还生存。这里比卢浮宫明亮得多。进门去，宽大的甬道两旁，满陈列着雕像等；里面却多是画。雕刻里有彭彭（Pompon）的《狗熊》与《水禽》等，真是大巧若拙。彭彭现在大概有七八十岁了，天天上动物园去静观禽兽的形态。他熟悉它们，也亲爱它们，所以做出来的东西神气活现；可是形体并不像照相一样地真切，他在天然的曲线里加上些小小的棱角，便带着点"建筑"的味儿。于是我们才看见新东西。那《狗熊》和实物差不多大，是石头的；那《水禽》等却小得可以供在案头，是铜的。雕像本有两种手法，一是干脆地砍石头，二是先用泥塑，再浇铜。彭彭从小是石匠，石头到他手里就像豆腐。他是巧匠而兼艺术家。动物雕像盛于十九世纪的法国；那时候动物园发达起来，供给艺术家观察，研究，描摹的机会。动物素描之成为画的一支，也从这时候起。院里的画受后期印象派的影响，找寻人物的"本色"（local colour），大抵是鲜明的调子。不注重画面的"体积"而注重装饰的效用。也有细心分别光影的，但用意还在找寻颜色，与印象派之只重光影不一样。

砖场花园的南犄角上有网球场博物院，陈列外国近代的画与雕像。北犄角上有奥兰纪利博物院，陈列的东西颇杂，有马奈（Manet，十九世纪法国印象派画家）的画与日本的浮世绘等。浮世绘的着色与构图给十九世纪后半法国画家极深的影响。莫奈（Monet）画院也在这里。他也是法国印象派巨子，一九二六年才过去。印象派兴于十九世纪中叶，正是照相机流行的时候。这派画家想赶上照相机，便专心致志地分别光影；他们还想赶过照相机，照相没有颜色而他们有。他们只用原色；所画的画近看但见一处处的颜色块儿，在相当的距离看，才看出光影分明的全境界。他们的看法是迅速的综合的，所以不重"本色"（人物固有的颜色，随光影而变化），不重细节。莫奈以风景画著于世；他不但是印象派，并且是露天画派（Pleinairiste）。露天画派反对画室里的画，因为都带着那黑影子；露天里就没有这种影子。这个画院里有莫奈八幅顶大的画，太大了，只好嵌在墙上。画院只有两间屋子，每幅画就是一堵墙，画的是荷花在水里。莫奈欢喜用蓝色，这几幅画也是如此。规模大，气魄厚，汪汪欲溢的池水，疏疏密密的乱荷，有些像在树荫下，有些像在太阳里。据内行说，这些画的章法，简直前无古人。

罗丹博物院在左岸。大战后罗丹的东西才收集在这里；已完成的不少，也有些未完成的。有群像，单像，胸像；有石膏仿本。还有画稿，塑稿。还有罗丹的遗物。罗丹是十九世纪雕刻大师；或称他为自然派，或称他为浪漫派。他有匠人的手艺，诗人的胸襟；他借雕刻来表现自己的情感。取材是不平常的，手法也是不平常的。常人以为美的，他觉得已无用武之地；他专找常人以为丑的，甚至于借重奇怪的姿势。又因为求表现的充分，不得不夸饰与变形。所以他的东西乍一看觉得"怪"，不是玩意儿。从前的雕刻讲究光洁，正是"裁缝不露针线迹"的道理；而浪漫派艺术家恰相反，故意要显出笔触或刀痕，让人看见他们在工作中情感激动的光景。罗丹也常如此。他们又多喜欢用塑法，因为泥随意些，那凸凸凹凹的地方，那大块儿小条儿，都可以看得清楚。

克吕尼馆（Cluny）收藏罗马与中世纪的遗物颇多，也在左岸。罗马时代执政的宫在这儿。后来法兰族诸王也住在这宫里。十五世纪的时候，宫毁了，克吕尼寺僧改建现在这所房子，作他们的下院，是"后期戈昔"与"文艺复兴"的混合式。法国王族来到巴黎，在馆里暂住过的，也很有些人。

这所房子后来又归了一个考古学家。他搜集了好些古董；死后由政府收买，并添凑成一万件。画，雕刻，木刻，金银器，织物，中世纪上等家具，瓷器，玻璃器，应有尽有。房子还保存着原来的样子。入门就如活在几百年前的世界里，再加上陈列的零碎的东西，触鼻子满是古气。与这个馆毗连着的是罗马时代的浴室，原分冷浴热浴等，现在只看见些残门断柱（也有原在巴黎别处的），寂寞地安排着。浴室外是园子，树间草上也散布着古代及中世纪巴黎建筑的一鳞一爪，其中"圣处女门"最秀雅。

此外巴黎美术院（即小宫），装饰美术院都是杂拌儿。后者中有一间扇室，所藏都是十八世纪的扇面，是某太太的遗赠。十八世纪中国玩意儿在欧洲颇风行，这也可见一斑。扇面满是西洋画，精工鲜丽；几百张中，只有一张中国人物，却板滞无生气。又有吉买博物院（Guimet），收藏远东宗教及美术的资料。伯希和取去敦煌的佛画，多数在这里。日本小画也有些。还有蜡人馆。据说那些蜡人做得真像，可是没见过那些人或他们的照相的，就感不到多大兴味，所以不如画与雕像。不过"隧道"里阴惨惨的，人物也代表着些阴惨惨的故事，却还可看。楼上有镜宫，满是镜子，顶上与周围用各色电光照耀，宛然千门万户，像到了万花筒里。

一九三二年春季的官"沙龙"在大宫中，顶大的院子里罗列着雕像；楼上下八十几间屋子满是画，也有些装饰美术。内行说，画像太多，真有"官"气。其中有安南阮某一幅，奖银牌；中国人一看就明白那是阮氏祖宗的影像。记得有个笑话，说一个贼混入人家厅堂偷了一幅古画，卷起夹在腋下。跨出大门，恰好碰见主人。那贼情急智生，便将画卷儿一扬，问道，"影像，要买吧？"主人自然大怒，骂了一声走进去。贼于是从容溜之乎也。

那位安南阮某与此贼可谓异曲同工。大宫里，同时还有一个装饰艺术的"沙龙"，陈列的是家具，灯，织物，建筑模型等，大都是立体派的作风。立体派本是现代艺术的一派，意大利最盛。影响大极了，建筑，家具，布匹，织物，器皿，汽车，公路，广告，书籍装订，都有立体派的份儿。平静，干脆，是古典的精神，也是这时代重理智的表现。在这个"沙龙"里看，现代的屋子内外都俨然是些几何的图案，和从前华丽的藻饰全异。还有一个"沙龙"，专陈列幽默画。画下多有说明。各画或描摹世态，或用大小文野等对照法，以传出那幽默的情味。有一幅题为《长裤子》，画的是夜宴前后客室中的景子：女客全穿短裤子，只有一人穿长的，大家的眼睛都盯着她那长出来的一截儿。她正在和一个男客谈话，似乎不留意。看她的或偏着身子，或偏着头，或操着手，或用手托着腮（表示惊讶），倚在丈夫的肩上，或打着看戏用的放大镜子，都是一副尴尬面孔。穿长裤子的女客在左首，左首共三个人；中央一对夫妇，右首三个女人，疏密向背都恰好；还点缀着些不在这一群里的客人。画也有不幽默的，也有太恶劣的；本来是幽默并不容易。

巴黎的坟场，东头以倍雷拉谢斯（Père Lachaise）为最大，占地七百二十亩，有二里多长。中间名人的坟颇多，可是道路纵横，找起来真费劲儿。阿培拉德与哀绿绮思两坟并列，上有亭子盖着；这是重修过的。王尔德的坟本葬在别处；死后九年，也迁到此场。坟上雕着个大飞人，昂着头，直着脚，长翅膀，像是合埃及的"狮人"与亚述的翅儿牛而为一，雄伟飞动，与王尔德并不很称。这是英国当代大雕刻家爱勃司坦（Epstein）的巨作；钱是一位倾慕王尔德的无名太太捐的。场中有巴什罗米（Bartholomé）雕的一座纪念碑，题为《致死者》。碑分上下两层，上层中间是死门，进去的两个人倒也行无所事的；两侧向门走的人群却牵牵拉拉，哭哭啼啼，跌跌倒倒，不得开交似的。下层像是生者的哀伤。此外北头的蒙马特，南头的蒙巴那斯两坟场也算大。茶花女埋在蒙马特场，题曰一八二四年正月十五日生，一八四七年二月三日卒。小仲马，海涅也在那儿。蒙巴那斯场有圣白孚，莫泊桑，鲍特莱尔等；鲍特莱尔的坟与纪念碑不在一处，碑上坐着一个悲伤的女人的石像。

巴黎的夜也是老牌子。单说六个地方。非洲饭店带澡堂子，可以洗蒸气澡，听黑人浓烈的音乐；店员都穿着埃及式的衣服。三藩咖啡看"爵士舞"，小小的场子上一对对男女跟着那繁声促节直扭腰儿。最警动的是那小圆木筒儿，里面像装着豆子之类。不时地紧摇一阵子。圆屋听唱法国的古歌；一扇门背后的墙上油画着蹲着在小便的女人。红磨坊门前一架小红风车，用电灯做了轮廓线；里面看小戏与女人跳舞。这在蒙巴特区。蒙马特是流浪人的区域。十九世纪画家住在这一带的不少，画红磨坊的常有。塔巴林看女人跳舞，不穿衣服，意在显出好看的身子。里多在仙街，最大。看变戏法，听威尼斯夜曲。里多岛本是威尼斯娱乐的地方。这儿的里多特意砌了一个池子，也有一支"刚朵拉"，夜曲是男女对唱，不过意味到底有点儿两样。

巴黎的野色在波隆尼林与圣克罗园里才可看见。波隆尼林在西北角，恰好在塞因河河套中间，占地一万四千多亩，有公园，大路，小路，有两个湖，一大一小，都是长的；大湖里有两个洲，也是长的。要领略林子的好处，得闲闲地拣深僻的地儿走。圣克罗园还在西南，本有离宫，现在毁了，剩下些喷水和林子。林子里有两条道儿很好。一条渐渐高上去，从树里两眼望不尽；一条窄而长，漏下一线天光；远望路口，不知是云是水，茫茫一大片。

但真有野味的还得数枫丹白露的林子。枫丹白露在巴黎东南，一点半钟的火车。这座林子有二十七万亩，周围一百九十里。坐着小马车在里面走，幽静如远古的时代。太阳光将树叶子照得透明，却只一圈儿一点儿地洒到地上。路两旁的树有时候太茂盛了，枝叶交错成一座拱门，低低的；远看去好像拱门那面另有一界。林子里下大雨，那一片沙沙沙沙的声音，像潮水，会把你心上的东西冲洗个干净。林中有好几处山峡，可以试腰脚，看野花野草，看旁逸斜出，稀奇古怪的石头，像枯骨，像刺猬。亚勃雷孟峡就是其一，地方大，石头多，又是忽高忽低，走起来好。

枫丹白露宫建于十六世纪，后经重修。拿破仑一八一四年临去爱而巴岛的时候，在此告别他的诸将。这座宫与法国历史关系甚多。宫房外观不美，里面却精致，家具等也考究。就中侍从武官室与亨利第二厅最好看。前者的地板用嵌花的条子板；小小的一间屋，共用九百条之多。复壁板上也雕绘着繁细的花饰，炉壁上也满是花儿，挂灯也像花正开着。后者是一间长厅，其大少有。地板用了两万六千块，一色，嵌成规规矩矩的几何图案，光可照人。厅中间两行圆拱门。门柱下截镶复壁板，上截镶油画；楣上也画得满满的。天花板极意雕饰，金光耀眼。宫外有园子，池子，但赶不上凡尔赛宫的。

凡尔赛宫在巴黎西南，算是近郊。原是路易十三的猎宫，路易十四觉得这个地方好，便大加修饰。路易十四是所谓"上帝的代表"，凡尔赛宫便是他的庙宇。那时法国贵人多一半住在宫里，伺候王上。他的侍从共一万四千人；五百人伺候他吃饭，一百个贵人伺候他起床，更多的贵人伺候他睡觉。那时法国艺术大盛，一切都成为御用的，集中在凡尔赛和巴黎两处。凡尔赛宫里装饰力求富丽奇巧，用钱无数。如金漆彩画的天花板，木刻，华美的家具，花饰，贝壳与多用错综交会的曲线纹等，用意全在教来客惊奇：这便是所谓"罗科科式"（Rococo）。宫中有镜厅，十七个大窗户，正对着十七面同样大小的镜子；厅长两百四十英尺，宽三十英尺，高四十二英尺。拱顶上和墙上画着路易十四打胜德国，荷兰，西班牙的情形，画着他是诸国的领袖，画着他是艺术与科学的广大教主。近十几年来成为世界祸根的那和约便是一九一九年六月二十八那一天在这座厅里签的字。宫旁一座大园子，也是路易十四手里布置起来的。看不到头的两行树，有万千的气象。有湖，有花园，有喷水。花园一畦一个花样，小松树一律修剪成圆锥形，集法国式花园之大成。喷水大约有四十多处，或铜雕，或石雕，处处都别出心裁，也是集大成。每年五月到九月，每月第一星期日，和别的节日，都有大水法。从下午四点起，到处银花飞舞，雾气沾人，衬着那齐斩斩的树，软茸茸的草，觉得立着看，走着看，不拘怎么看总成。海龙王喷水池，规模特别大；得等五点半钟大水法停后，让它单独来二十分钟。有时晚上大放花炮，就在这里。各色的电彩照耀着一道道喷水。花炮在喷水之间放上去，也是一道道的；同时放许多，便氤氲起一团雾。这时候电光换彩，红的忽然变蓝的，蓝的忽然变白的，真真是一眨眼。

卢梭园在爱尔莽浓镇（Ermenonville），巴黎的东北；要坐一点钟火车，走两点钟的路。这是道地乡下，来的人不多。园子空旷得很，有种荒味。大树，怒草，小湖，清风，和中国的郊野差不多，真自然得不可言。湖里有个白杨洲，种着一排白杨树，卢梭坟就在那小洲上。日内瓦的卢梭洲在仿这个；可是上海式的街市旁来那么个洲子，总有些不伦不类。

一九三一年夏天，"殖民地博览会"开在巴黎之东的万散园（Vincennes）

里。那时每日人山人海。会中建筑都仿各地的式样，充满了异域的趣味。安南庙七塔参差，峥嵘肃穆，最为出色。这些都是用某种轻便材料造的，去年都拆了。各建筑中陈列着各处的出产，以及民俗。晚上人更多，来看灯光与喷水。每条路一种灯，都是立体派的图样。喷水有四五处，也是新图样；有一处叫"仙人球"喷水，就以仙人球做底样，野拙得好玩儿。这些自然都用电彩。还有一处水桥，河两岸各喷出十来道水，凑在一块儿，恰好是一座弧形的桥，教人想着走上一个水晶的世界去。

一九三三年六月三十日作。

莱 茵 河

　　莱茵河（The Rhine）发源于瑞士阿尔卑斯山中,穿过德国东部,流入北海,长约两千五百里。分上中下三部分。从马恩斯（Mayence, Mains）到哥龙（Cologne）算是"中莱茵";游莱茵河的都走这一段儿。天然风景并不异乎寻常地好;古迹可异乎寻常地多。尤其是马恩斯与考勃伦兹（Koblenz）之间,两岸山上布满了旧时的堡垒,高高下下的,错错落落的,斑斑驳驳的:有些已经残破,有些还完好无恙。这中间住过英雄,住过盗贼,或据险自豪,或纵横驰骤,也曾热闹过一番。现在却无精打采,任凭日晒风吹,一声儿不响。坐在轮船上两边看,那些古色古香各种各样的堡垒历历从眼前过去;仿佛自己已经跳出了这个时代而在那些堡垒里过着无拘无束的日子。游这一段儿,火车却不如轮船:朝日不如残阳,晴天不如阴天,阴天不如月夜——月夜,再加上几点儿萤火,一闪一闪跟在寻觅荒草里的幽灵似的。最好还得爬上山去,在堡垒内外徘徊徘徊。

　　这一带不但史迹多,传说也多。最凄艳的自然是脍炙人口的声闻岩头的仙女子。声闻岩在河东岸,高四百三十英尺,一大片暗淡的悬岩,嶙峋峋峋的;河到岩南,向东拐个小湾,这里有顶大的回声,岩因此得名。相传往日岩头有个仙女美极,终日歌唱不绝。一个船夫傍晚行船,走过岩下。听见她的歌声,仰头一看,不觉忘其所以,连船带人都撞碎在岩上。后来又死了一位伯爵的儿子。这可闯下大祸来了。伯爵派兵遣将,给儿子报仇。

他们打算捉住她，锁起来，从岩顶直摔下河里去。但是她不愿死在他们手里，她呼唤莱茵母亲来接她；河里果然白浪翻腾，她便跳到浪里。从此声闻岩下听不见歌声，看不见倩影，只剩晚霞在岩头明灭。德国大诗人海涅有诗咏此事；此事传播之广，这篇诗也有关系的。友人淦克超先生曾译第一章云：

传闻旧低回，我心何悒悒。

两峰隐夕阳，莱茵流不息。

峰际一美人，粲然金发明，

清歌时一曲，余音响入云。

凝听复凝望，舟子忘所向，

怪石耿中流，人与舟俱丧。

这座岩现在是已穿了隧道通火车了。

哥龙在莱茵河西岸，是莱茵区最大的城，在全德国数第三。从甲板上看教堂的钟楼与尖塔这儿那儿都是的。虽然多么繁华一座商业城，却不大有俗尘扑到脸上。英国诗人柯勒列治说：

人知莱茵河，洗净哥龙市；

水仙你告我，今有何神力，

洗净莱茵水？

那些楼与塔镇压着尘土，不让飞扬起来，与莱茵河的洗刷是异曲同工的。哥龙的大教堂是哥龙的荣耀；单凭这个，哥龙便不死了。这是戈昔式，是世界上最宏大的戈昔式教堂之一。建筑在一二四八年，到一八八〇年才全部落成。欧洲教堂往往如此，大约总是钱不够之故。教堂门墙伟丽，尖拱和直棱，特意繁密，又雕了些小花，小动物和《圣经》人物，零星点缀着；近前细看，其精工真令人惊叹。门墙上两尖塔，高五百一十五英尺，直入云霄。戈昔式要的是高而灵巧，让灵魂容易上通于天。这也是月光里看好。淡蓝的天干干净净的，只有两条尖尖的影子映在上面；像是人天仅有的通路，又像是人类祈祷的一双胳膊。森严肃穆，不说一字，抵得千言万语。教堂里非常宽大，顶高一百六十英尺。大石柱一行行的，高的一百四十八英尺，低的也六十英尺，都可合抱；在里面走，就像在大森林里，和世界隔绝。尖塔可以上去，玲珑剔透，有凌云之势。塔下通回廊。廊中向下看教堂里，觉得别人小得可怜，自己高得可怪，真是颠倒梦想。

一九三三年三月十四日作。

瑞　士

　　瑞士有"欧洲的公园"之称。起初以为有些好风景而已；到了那里，才知无处不是好风景，而且除了好风景似乎就没有什么别的。这大半由于天然，小半也是人工。瑞士人似乎是靠游客活的，只看很小的地方也有若干若干的旅馆就知道。他们拼命地筑铁道通轮船，让爱逛山的爱游湖的都有落儿；而且车船两便，票在手里，爱怎么走就怎么走。瑞士是山国，铁道依山而筑，隧道极少；所以老是高高低低，有时像差得很远的。还有一种爬山铁道，这儿特别多。狭狭的双轨之间，另加一条特别轨：有时是一个个方格儿，有时是一个个钩子；车底下带一种齿轮似的东西，一步步咬着这些方格儿，这些钩子，慢慢地爬上爬下。这种铁道不用说工程大极了；有些简直是笔陡笔陡的。

　　逛山的味道实在比游湖好。瑞士的湖水一例是淡蓝的，真正平得像镜子一样。太阳照着的时候，那水在微风里摇晃着，宛然是西方小姑娘的眼。若遇着阴天或者下小雨，湖上迷迷蒙蒙的，水天混在一块儿，人如在睡里梦里。也有风大的时候；那时水上便皱起粼粼的细纹，有点像颦眉的西子。可是这些变幻的光景在岸上或山上才能整个儿看见，在湖里倒不能领略许多。况且轮船走得究竟慢些，常觉得看来看去还是湖，不免也腻味。逛山就不同，一会儿看见湖，一会儿不看见；本来湖在左边，不知怎么一转弯，忽然挪到右边了。湖上固然可以看山，山上还可看山，阿尔卑斯有的是重峦叠嶂，怎么看也不会穷。山上不但可以看山，还可以看谷；稀稀疏疏错错落落的房舍，仿佛有鸡鸣犬吠的声音，在山肚里，在山脚下。看风景能够流连低回固然高雅，但目不暇接地过去，新境界层出不穷，也未尝不淋漓痛快；坐火车逛山便是这个办法。

　　卢参（Luzerne）在瑞士中部，卢参湖的西北角上。出了车站，一眼就看见那汪汪的湖水和屏风般的青山，真有一股爽气扑到人的脸上。与湖连着的是劳思河，穿过卢参的中间。河上低低的一座古水塔，从前当作灯塔用；这儿称灯塔为"卢采那"，有人猜"卢参"这名字就是由此而出。这座塔低得有意思；依傍着一架曲了又曲的旧木桥，倒配了对儿。这架桥带顶，像廊子；分两截，近塔的一截低而窄，那一截却突然高阔起来，仿佛彼此不相干，可是看来还只有一架桥。不远儿另是一架木桥，叫毚桥，因上有神毚得名，曲曲的，也古。许多对柱子支着桥顶，顶底下每一根横梁上两面各钉着一大幅三角形的木版画，总名"死神的跳舞"。每一幅配搭的人物和死神跳舞的姿态都不相同，意在表现社会上各种人的死法。画笔大约并不算顶好，但这样上百幅的死的图画，看了也就够劲儿。过了河往里去，可以看见城墙的遗迹。墙依山而筑，蜿蜒如蛇；现在却只见一段一段的嵌在住屋之间。但九座望楼还好好的，和水塔一样都是多角锥形；多年的风吹日晒雨淋，颜色是黯淡得很了。

　　冰河公园也在山上。古代有一个时期北半球全埋在冰雪里，瑞士自然在内。阿尔卑斯山上积雪老是不化，越堆越多。在底下的渐渐地结成冰，最底下的一层渐渐地滑下来，顺着山势，往谷里流去。这就是冰河。冰河移动的时候，遇着夏季，便大量地融化。这样融化下来的一股大水，力量无穷；

石头上一个小缝儿，在一个夏天里，可以让冲成深深的大潭。这个叫磨穴。有时大石块被带进潭里去，出不来，便只在那儿跟着水转。初起有棱角，将潭壁上磨了许多道儿；日子多了，棱角慢慢光了，就成了一个大圆球，还是转着。这个叫磨石。冰河公园便以这类遗迹得名。大大小小的石潭，大大小小的石球，现在是安静了；但那粗糙的样子还能教你想见多少万年前大自然的气力。可是奇怪，这些不言不语的顽石，居然背着多少万年的历史，比我们人类还老得多多；要没人卓古证今地说，谁相信。这样讲，古诗人慨叹"磊磊涧中石"，似乎也很有些道理在里头了。这些遗迹本来一半埋在乱石堆里，一半埋在草地里，直到一八七二年秋天才偶然间被发现。还发现了两种化石：一种上是些蚌壳，足见阿尔卑斯脚下这一块土原来是滔滔的大海。另一种上是片棕叶，又足见此地本有热带的大森林。这两期都在冰河期前，日子虽然更渺茫，光景却还能在眼前描画得出，但我们人类与那种大自然一比，却未免太微细了。

立矶山（Rigi）在卢参之西，乘轮船去大约要一点钟。去时是个阴天，雨意很浓。四周陡峭的青山的影子冷冷地沉在水里。湖面儿光光的，像大理石一样。上岸的地方叫威兹老，山脚下一座小小的村落，疏疏散散遮遮掩掩的人家，静透了。上山坐火车，只一辆，走得可真慢，虽不像蜗牛，却像牛之至。一边是山，太近了，不好看。一边是湖，是湖上的山；从上面往下看，山像一片一片儿插着，湖也像只有一薄片儿。有时窗外一座大崖石来了，便什么都不见；有时一片树木来了，只好从枝叶的缝儿里张一下。山上和山下一样，静透了，常常听到牛铃儿叮儿当的。牛带着铃儿，为的是跑到哪儿都好找。这些牛真有些"不知汉魏"，有一回居然挡住了火车；

开车的还有山上的人帮着，吆喝了半天，才将它们哄走。但是谁也没有着急，只微微一笑就算了。山高五千九百零五英尺，顶上一块不大的平场。据说在那儿可以看见周围九百里的湖山，至少可以看见九个湖和无数的山峰。可是我们的运气坏，上山后云便越浓起来；到了山顶，什么都裹在云里，几乎连我们自己也在内。在不分远近的白茫茫里闷坐了一点钟，下山的车才来了。

交湖（Interlaken）在卢参的东南。从卢参去，要坐六点钟的火车。车子走过勃吕尼山峡。这条山峡在瑞士是最低的，可是最有名。沿路的风景实在太奇了。车子老是挨着一边儿山脚下走，路很窄。那边儿起初也只是山，青青青青的。越往上走，那些山越高了，也越远了，中间豁然开朗，一片一片的谷，是从来没看见过的山水画。车窗里直望下去，却往往只见一丛丛的树顶，到处是深的绿，在风里微微波动着。路似乎颇弯曲的样子，一座大山峰老是看不完；瀑布左一条右一条的，多少让山顶上的云掩护着，清淡到像一些声音都没有，不知转了多少转，到勃吕尼了。这儿高三千二百九十六英尺，差不多到了这条峡的顶。从此下山，不远便是勃利安湖的东岸，北岸就是交湖了。车沿着湖走。太阳出来了，隔岸的高山青得出烟，湖水在我们脚下百多尺，闪闪的像珐琅一样。

交湖高一千八百六十六英尺，勃利安湖与森湖交会于此。地方小极了，只有一条大街；四周让阿尔卑斯的群峰严严地围着。其中少妇峰最为秀拔，积雪皑皑，高出云外。街北有两条小径。一条沿河，一条在山脚下，都以幽静胜。小径的一端，依着座小山的形势参差地安排着些别墅般的屋子。街南一块平原，只有稀稀的几个人家，显得空旷得不得了。早晨从旅馆的窗子看，一片清新的朝气冉冉地由远而近，仿佛在古时的村落里。街上满是旅馆和铺子；铺子不外卖些纪念品，咖啡，酒饭等，都是为游客预备的；还有旅行社，更是的。这个地方简直是游客的地方，不像属于瑞士人。纪念品以刻木为最多，大概是些小玩意儿；是一种涂紫色的木头，虽然刻得粗略，却有气力。在一家铺子门前看见一个美国人在说："你们这些东西都没有用处；我不欢喜玩意儿。"买点纪念品而还要考较用处。此君真美国得可以了。

从交湖可以乘车上少妇峰，路上要换两次车。在老台勃鲁能换爬山电车，就是下面带齿轮的。这儿到万根，景致最好看。车子慢慢爬上去，窗外展开一片高山与平陆，宽旷到一眼望不尽。坐在车中，不知道车子如何爬法；却看那边山上也有一条陡峻的轨道，也有车子在上面爬着，就像一只甲虫。到万格那尔勃可见冰川，在太阳里亮晶晶的。到小夏代格再换车，轨道中间装上一排铁钩子，与车底下的齿轮好咬得更紧些。这条路直通到少妇峰前头，差不多整个儿是隧道；因为山上满积着雪，不得不打山肚里穿过去。这条路是欧洲最高的铁路，费了十四年工夫才造好，要算近代顶伟大的工程了。

在隧道里走没有多少意思，可是哀格望车站值得看。那前面的看廊是从山岩里硬凿出来的。三个又高又大又粗的拱门般的窗洞，教你觉得自己藐小。望出去很远；五千九百零四英尺下的格林德瓦德也可见。少妇峰站的看廊却不及这里；一眼尽是雪山，雪水从檐上滴下来，别的什么都没有。虽在一万一千三百四十二英尺的高处，而不能放开眼界，未免令人有些怅怅。但是站里有一架电梯，可以到山顶上去。这是小小一片高原，在明西峰与少妇峰之间，三百二十英尺长，厚厚的堆着白雪。雪上虽只是淡淡的日光，乍看竟耀得人睁不开眼。这儿可望得远了。一层层的峰峦起伏着，有戴雪的，有不戴的；总之越远越淡下去。山缝里躲躲闪闪一些玩具般的屋子，据说便是交湖了。原上一头插着瑞士白十字国旗，在风里飒飒地响，颇有些气势。山上不时地雪崩，沙沙沙沙流下来像水一般，远看很好玩儿。脚下的雪滑极，不走惯的人寸步都得留神才行。少妇峰的顶还在二千三百二十五英尺之上，得凭着自己的手脚爬上去。

下山还在小夏代格换车，却打这儿另走一股道，过格林德瓦德直到交湖，路似乎平多了。车子绕明西峰走了好些时候。明西峰比少妇峰低些，可是大。少妇峰秀美得好，明西峰雄奇得好。车子紧挨着山脚转，陡陡的山势似乎要向窗子里直压下来，像传说中的巨人。这一路有几条瀑布；瀑布下的溪流快极了，翻着白沫，老像沸着的锅子。早九点多在交湖上车，回去是五点多。

司皮也兹（Spiez）是玲珑可爱的一个小地方：临着森湖，如浮在湖上。路依山而建，共有四五层，台阶似的。街上常看不见人。在旅馆楼上待着，远处偶然有人过去，说话声音听得清清楚楚的。傍晚从露台上望湖，山脚下的暮霭混在一抹轻蓝里，加上几星儿刚放的灯光，真有味。孟特罗（Montreux）的果子可可糖也真有味。日内瓦像上海，只湖中大喷水，高两百余英尺，还有卢梭岛及他出生的老屋，现在已开了古董铺的，可以看看。

一九三二年十月十七日作。

柏　林

　　柏林的街道宽大，干净，伦敦巴黎都赶不上的；又因为不景气，来往的车辆也显得稀些。在这儿走路，尽可以从容自在地呼吸空气，不用张张望望躲躲闪闪。找路也顶容易，因为街道大概是纵横交切，少有"旁逸斜出"的。最大最阔的一条叫菩提树下，柏林大学，国家图书馆，新国家画院，国家歌剧院都在这条街上。东头接着博物院洲，大教堂，故宫；西边到著名的勃朗登堡门为止，长不到两里。过了那座门便是梯尔园，街道还是直伸下去——这一下可长了，三十七八里。勃朗登堡门和巴黎凯旋门一样，也是纪功的。建筑在十八世纪末年，有点仿雅典奈昔克里司门的式样。高六十六英尺，宽六十八码半；两边各有六根多力克式石柱子。顶上是站在驷马车里的胜利神像，雄伟庄严，表现出德意志国都的神采。那神像在一八〇七年被拿破仑当作胜利品带走，但七年后便又让德国的队伍带回来了。

　　从菩提树下西去，一出这座门，立刻神气清爽，眼前别有天地；那空阔，那望不到头的绿树，便是梯尔园。这是柏林最大的公园，东西六里，南北约两里。地势天然生得好，加上树种得非常巧妙，小湖小溪，或隐或显，也安排的是地方。大道像轮子的辐，凑向轴心去。道旁齐齐地排着葱郁的高树；树下有时候排着些白石雕像，在深绿的背景上越显得洁白。小道像树叶上的脉络，不知有多少。跟着道走，总有好地方，不辜负你。园子里花坛也不少。罗森花坛是出名的一个，玫瑰最好。一座天然的围墙，圆圆的绕着，上面密密的厚厚的长着绿的小圆叶子；墙顶参差不齐。坛中有两个小方池，满飘着雪白的水莲花，玲珑地托在叶子上，像惺忪的星眼。两池之间是一个皇后的雕像；四周的花香花色好像她的供养。梯尔园人工胜于天然。真正的天然却又是一番境界。曾走过市外"新西区"的一座林子。稀疏的树，高而瘦的干子，树下随意弯曲的路，简直教人想到倪云林的画本。看着没有多大，但走了两点钟，却还没走完。

柏林市内市外常看见运动员风的男人女人。女人大概都光着脚亮着胳膊，雄赳赳地走着，可是并不和男人一样。她们不像巴黎女人的苗条，也不像伦敦女人的拘谨，却是自然得好。有人说她们太粗，可是有股劲儿。司勃来河横贯柏林市，河上有不少划船的人。往往一男一女对坐着，男的只穿着游泳衣，也许赤着膊只穿短裤子。看的人绝不奇怪而且有喝彩的。曾亲见一个女大学生指着这样划着船的人说，"美啊！"赞美身体，赞美运动，已成了他们的道德。星期六星期日上水边野外看去，男男女女老老少少谁都带一点运动员风。再进一步，便是所谓"自然运动"。大家索性不要那劳什子衣服，那才真是自然生活了。这有一定地方，当然不会随处见着。但书籍杂志是容易买到的。也有这种电影。那些人运动的姿势很好看，很柔软，有点儿像太极拳。在长天大海的背景上来这一套，确是美的，和谐的。日前报上说德国当局要取缔他们，看来未免有些个多事。

柏林重要的博物院集中在司勃来河中一个小洲上。这就叫作博物院洲。虽然叫作洲，因为周围陆地太多，河道几乎挤得没有了，加上十六道桥，走上去毫不觉得身在洲中。洲上总共七个博物院，六个是通连着的。最奇伟的是勃嘉蒙（Pergamon）与近东古迹两个。勃嘉蒙在小亚细亚，是希腊的重要城市，就是现在的贝加玛。柏林博物院团在那儿发掘，掘出一座大享殿，是祭大神宙斯用的。这座殿是两千两百年前造的，规模宏壮，雕刻精美。掘出的时候已经残破；经学者苦心研究，知道原来是什么样子，便照着修补起来，安放在一间特建的大屋子里。屋子之大，让人要怎么看这座殿都成。屋顶满是玻璃，让光从上面来，最均匀不过；墙是淡蓝色，衬出这座白石的殿越发有神儿。殿是方锁形，周围都是爱翁匿克式石柱，像是个廊子。当锁口的地方，是若干层的台阶儿。两头也有几层，上面各有殿基；殿基上，柱子下，便是那著名的"壁雕"。壁雕（Frieze）是希腊建筑里特别的装饰；在狭长的石条子上半深浅地雕刻着些故事，嵌在墙壁中间。这种壁雕颇有名作。如现存在不列颠博物院里的雅典巴昔农神殿的壁雕便是。这里的是一百三十二码长，有一部分已经移到殿对面的墙上去。所刻的故事是奥灵匹亚诸神与地之诸子巨人们的战争。其中人物精力饱满，历劫如生。另一间大屋里安放着罗马建筑的残迹。一是大三座门，上下两层，上层全为装饰用。两层各用六对哥林斯式的石柱，与门相间着，隔出略带曲折的廊子。上层三座门是实的，里面各安着一尊雕像，全体整齐秀美之至。一是小神殿。两样都在第二世纪的时候。

　　近东古迹院里的东西是十九世纪末二十世纪初年德国东方学会在巴比伦和亚述发掘出来的。中间巴比伦的以色他门（Ischtar Gateway）最为壮丽。门建筑在二千五百年前奈补卡德乃沙王第二的手里。门圈儿高三十九英尺，城垛儿四十九英尺，全用蓝色珐琅砖砌成。墙上浮雕着一对对的龙（与中国所谓龙不同）和牛，黄的白的相间着；上下两端和边上也是这两色的花纹。

龙是巴比伦城隍马得的圣物，牛是大神亚达的圣物。这些动物的像稀疏地排列着，一面墙上只有两行，犄角上只有一行；形状也单纯划一。色彩在那蓝的地子上，却非常之鲜明。看上去真像大幅缂丝的图案似的。还有巴比伦王宫里正殿的面墙，是与以色他门同时做的，颜色鲜丽也一样，只不过以植物图案为主罢了。马得祭道两旁曲折的墙基也用蓝珐琅砖；上面却雕着向前走的狮子。这个祭道直通以色他门，现在也修补好了一小段，仍旧安在以色他门前面。另有一件模型，是整个儿的巴比伦城。这也可以慰情聊胜无了。亚述巴先宫的面墙放在以色他门的对面，当然也是修补起来的：周围正正的拱门，一层层又细又密的柱子，在许多直线里透出秀气。

新博物院第一层中央是一座厅。两道宽阔而华丽的楼梯仿佛占住了那间大屋子，但那间屋子还是照样地觉得大不可言。屋里什么都高大；迎着楼梯两座复制的大雕像，两边墙上大幅的历史壁画，一进门就让人觉得万千的气象。德意志人的魄力，真有他们的。楼上本是雕版陈列室，今年改作歌德展览会。有歌德和他朋友们的像，他的画，他的书的插图等。《浮士德》的插图最多，同一件事各人画来趣味各别。楼下是埃及古物陈列室，大大小小的"木乃伊"都有；小孩的也有。有些在头部放着一块板，板上画着死者的面相；这是用熔蜡画的，画法已失传。这似乎是古人一件聪明的安排，让千秋万岁后，还能辨认他们的面影。另有人种学博物院在别一条街上，分两院。所藏既丰富，又多罕见的。第一院吐鲁番的壁画最多。那些完好的真是妙庄严相；那些零碎的也古色古香。中国日本的东西不少，陈列得有系统极了，中日人自己动手，怕也不过如此。第二院藏的日本的漆器与画很好。史前的材料都收在这院里。有三间屋专陈列一八七一到一八九〇年希利曼

（Heinrich Schlieman）发掘特罗衣（Troy）城所得的遗物。

　　故宫在博物院洲之北，一九二一年改为博物院，分历史的工艺的两部分。历史的部分都是王族用过的公私屋子。这些屋子每间一个样子；屋顶，墙壁，地板，颜色，陈设，各有各的格调。但辉煌精致，是异曲同工的。有一间屋顶作穹隆形状，蓝地金星，俨然夜天的光景。又一间张着一大块伞形的绸子，像在遮着太阳。又一间用了"古络钱"纹做全室的装饰。壁上或画画，或挂画。地板用细木头嵌成种种花样，光滑无比。外国的宫殿外观常不如中国的宏丽，但里边装饰的精美，我们却断乎不及。故宫西头是皇储旧邸。一九一九年因为国家画院的画拥挤不堪，便将近代的作品挪到这儿，陈列在前边的屋子里。大部分是印象派表现派，也有立体派。表现派是德国自己的画派。原始的精神，狂热的色调，粗野模糊的构图，你像在大野里大风里大火里。有一件立体派的雕刻，是三个人像。虽然多是些三角形，直线，可是一个有一个的神气，彼此还互相照应，像真会说话一般。表现派的精神现在还多多少少存在：柏林魏坦公司六月间有所谓"民众艺术展览会"，出售小件用具和玩物。玩物里如小动物孩子头之类，颇有些奇形怪状，别具风趣的。还有展览场六月间的展览里，有一部是剪贴画。用颜色纸或布拼凑成形，安排在一块地子上，一面加上些沙子等，教人有实体之感，一面却故意改变形体的比例与线条的曲直，力避写实的手法。有些现代人大约"是"要看了这种手艺才痛快的。

　　这一回展览里有好些小家屋的模型，有大有小。大概造起来省钱；屋子里空气，光，太阳都够现代人用。没有那些无用的装饰，只看见横竖的直线。用颜色，或用对照的颜色，教人看一所屋子是"整个儿"，不零碎，不琐屑。小家屋如此，"大厦"也如此。德国的建筑与荷兰不同。他们注重实用，以简单为美，有时候未免太朴素些。近年来柏林这种新房子造得不少。这已不是少数艺术家的试验而是一般人的需要了。"新西区"一带便都是的。那一带住屋小而巧，里面的装饰干净利落，不显一点板滞。"大厦"多在东头亚历山大场，似乎美观的少。有些满用横线，像夹沙糕，有些满用直线，这自然说的是窗子。用直线的据说是美国影响。但美国房屋高入云霄，用直线合适；柏林的低多了，又向横里伸张，用直线便大大地不谐和了。"大厦"之外还有"广场"，刚才说的展览场便是其一。这个广场有八座大展览厅，连附属的屋子共占地十八万二千平方英尺；空场子合计起来共占地六十五万平方英尺。乍走进去的时候，摸不着头脑，仿佛连自己也会丢掉似的。建筑都是新式。整个的场子若在空中看，是一幅图案，轻灵而不板重。德意志体育场，中央飞机场，也都是这一类新造的广场。前两个在西，后一个在南，自然都在市外。此外电影院跳舞场往往得风气之先，也有些新式样。如铁他尼亚宫电影院，那台，那灯，那花楼，不是用圆，用弧线，便是用与弧线相近的曲线，要的也是一个干净利落罢了。台上一圈儿一圈儿有些像排箫的是管风琴。管风琴安排起来最累赘，这儿的布置却新鲜悦目，也许电影管风琴简单些，才可以这么办。颜色用白银与淡黄对照，教人常常清醒。祖国舞场也是新式，但多用直线形；颜色似乎多一种黑。这里面有许多咖啡室。日本室便按日本式陈设，土耳其室便按土耳其式。还有莱茵室，在壁上画着莱茵河的风景，用好些小电灯点缀在天蓝的背景上，看去略得河上的夜的意思——自然，屋里别处是不用灯的。还有雷电室，壁上画着雷电的情景，用电光运转；电射雷鸣，与音乐应和着。爱热闹的人都上那儿去。

柏林西南有个波次丹（Potsdam），是佛来德列大帝的城。城外有个无愁园，园里有个无愁宫，便是大帝常住的地方。大帝迷法国，这座宫，这座园子都仿凡尔赛的样子。但规模小多了，神儿差远了。大帝和伏尔泰是好朋友，他请伏尔泰在宫里住过好些日子，那间屋便在宫西头。宫西边有一架大风车。据说大帝不喜欢那风车日夜转动的声音，派人跟那产主说要买它。出乎意外，产主愣不肯。大帝恼了，又派人去说，不卖便要拆。产主也恼了，说，他会拆，我会告他。大帝想不到乡下人这么倔强，大加赏识，那风车只好由它响了。因此现在便叫它作"历史的风车"。隔无愁宫没多少路，有一座新宫，里面有一间"贝厅"，墙上地上满嵌着美丽的贝壳和宝石，虽然奇诡，却以素雅胜。

一九三三年十二月二十二日作完。

公　园

英国是个尊重自由的国家，从伦敦海德公园（Hyde Park）可以看出。学政治的人一定知道这个名字；近年日报的海外电讯里也偶然有这个公园出现。每逢星期日下午，各党各派的人都到这儿来宣传他们的道理。公说公有理，婆说婆有理，井水不犯河水。从耶稣教到共产党，差不多样样有。每一处说话的总是一个人。他站在桌子上，椅子上，或是别的什么上，反正在听众当中露出那张嘴脸就成；这些桌椅等等可得他们自己预备，公园里的长椅子是只让人歇着的。听的人或多或少。有一回一个讲耶稣教的，没一个人听，却还打起精神在讲；他盼望来来去去的游人里也许有一两个三四个五六个……爱听他的，只要有人驻一下脚，他的口舌就算不白费了。

见过一回共产党示威，演说的东也是，西也是；有的站在大车上，颇有点巍巍然。按说那种马拉的大车平常不让进园，这回大约办了个特许。其中有个女的约莫四十上下，嗓子最大，说的也最长；说的是伦敦土话，凡是开口音，总将嘴张到不能再大的地步，一面用胳膊助势。说到后来，嗓子沙了，还是一字不苟的喊下去。天快黑了，他们整队出园喊着口号，标语旗帜也是五光十色的。队伍两旁，又高又大的马巡缓缓跟着，不说话。出的是北门，外面便是热闹的牛津街。

北门这里一片空旷的沙地，最宜于露天演说家，来的最多。也许就在共产党队伍走后吧，这里有人说到中日的事；那时刚过"一·二八"不久，他颇为我们抱不平。他又赞美甘地；却与贾波林相提并论，说贾波林也是为平民打抱不平的。这一比将听众引得笑起来了；不止一个人和他辩论，一位老太太甚至嘀咕着掉头而去。这个演说的即使不是共产党，大约也不是"高等"英人吧。公园里也闹过一回大事：一八六六年国会改革的暴动（劳工争选举权），周围铁栏杆毁了半里多路长，警察受伤了两百五十名。

公园周围满是铁栏杆，车门九个，游人出入的门无数，占地二千二百多亩，绕园九里，是伦敦公园中最大的，来的人也最多。园南北都是闹市，园中心却静静的。灌木丛里各色各样野鸟，清脆的繁碎的语声，夏天绿草地上，洁白的绵羊的身影，教人像下了乡，忘记在世界大城里。那草地一片迷蒙的绿，一片芊绵的绿，像水，像烟，像梦；难得的，冬天也这样。西南角上蜿蜒着一条蛇水，算来也占地三百亩，养着好些水鸟，如苍鹭之类。可以摇船，游泳；并有救生会，让下水的人放心大胆。这条水便是雪莱的情人西河女士（Harriet Westbrook）自沉的地方，那是一百二十年前的事了。

南门内有拜伦立像，是五十年前希腊政府捐款造的；又有座古英雄阿契来斯像，是惠灵顿公爵本乡人造了来纪念他的，用的是十二尊法国炮的铜，到如今却有一百多年了。还有英国现负盛名的雕塑家爱勃司坦（Epstein）的壁雕，是纪念自然学家赫德生的。一个似乎要飞的人，张着臂，仰着头，散着发，有原始的朴拙犷悍之气，表现的是自然精神的化身；左右四只鸟在飞，大小旁正都不相同，也有股野劲儿。这件雕刻的价值，引起过许多讨论。南门内到蛇水边一带游人最盛。夏季每天上午有铜乐队演奏；在栏外听算白饶，进栏得花点票钱，但有椅子坐。游人自然步行的多，也有跑车的，骑马的；骑马的另有一条"马"路。

这园子本来是鹿苑，在里面行猎；一六三五年英王查理斯第一才将它开放，作赛马和竞走之用。后来变成决斗场。一八五一年第一次万国博览会开在这里，用玻璃和铁搭盖的会场；闭会后拆了盖在别处，专作展览的处所，便是那有名的水晶宫了。蛇水本没有，只有六个池子；是十八世纪初叶才打通的。

海德公园东南差不多毗连着的，是圣詹姆士公园（St. James's Park），约有五百六七十亩。本是沮洳的草地，英王亨利第八抽了水，砌了围墙，改成鹿苑。查理斯第二扩充园址，铺了路，改为游玩的地方；以后一百年里，便成了伦敦最时髦的散步场。十九世纪初才改造为现在的公园样子。有湖，有悬桥；湖里鹅鹅最多，倚在桥栏上看它们水里玩儿，可以消遣日子。周围是白金罕宫，西寺，国会，各部官署，都是最忙碌的所在；倚在桥栏上的人却能偷闲赏鉴那西寺和国会的戈昔式尖顶的轮廓，也算福气了。

海德公园东北有摄政公园，原也是鹿苑；十九世纪初"摄政王"（后为英王乔治第四）才修成现在样子。也有湖，摇的船最好；座位下有小轮子，可以进退自如，滚来滚去顶好玩儿的。野鸽子野鸟很多，松鼠也不少。松鼠原是动物园那边放过来的，只几对罢了；现在却繁殖起来了。常见些老头儿带着食物到园里来喂麻雀，鸽子，松鼠。这些小东西和人混熟了，大大方方到人手里来吃食；看去怪亲热的。别的公园里也有这种人。这似乎比提鸟笼有意思些。

动物园在摄政园东北犄角上，属于动物学会，也有了百多年的历史。搜集最完备，有动物四千，其中哺乳类八百，鸟类两千四百。去逛的据说每年超过两百万人。不用问孩子们去的一定不少；他们对于动物比成人亲近得多，关切得多。只看见教科书上或字典上的彩色动物图，就够捉摸的，不用提实在的东西了。就是成人，可不也愿意开开眼，看看没看过的，山里来的，海里来的，异域来的，珍禽，奇兽，怪鱼？要没有动物园，或许一辈子和这些东西都见不着面呢。再说像狮子老虎，哪能随便见面！除非打猎或看马戏班。但打猎遇着这些，正是拼死活的时候，哪里来得及玩味它们的生活状态？马戏班里的呢，也只表演些扭捏的玩意儿，时候又短，又隔得老远的；哪有动物园里的自然，得看？这还只说的好奇的人；艺术家更可仔细观察研究，成功新创作，如画和雕塑，十九世纪以来，用动物为题材的便不少。近些年电影里的动物趣味，想来也是这么培养出来的；不过那却非动物园所可限了。

伦敦人对动物园的趣味很大，有的报馆专派有动物园的访员，给园中动物作起居注，并报告新来到的东西；他们的通信有些地方就像童话一样。去动物园的人最乐意看喂食的时候，也便是动物和人最亲近的时候。喂食有时得用外交手腕，譬如鱼池吧，若随手将食撒下去，让大家来抢，游得快的，厉害的，不用说占了便宜，剩下的便该活活饿死了。这当然不公道，那一视同仁的管理人一定不愿意的。他得想法子，比方说，分批来喂，那些快的，厉害的，吃完了，便用网将它们拦在一边，再照料别的。各种动物喂食都有一定钟点，著名的裴歹克《伦敦指南》便有一节专记这个。孩子们最乐意的还有骑象，骑骆驼（骆驼在伦敦也算异域珍奇）。再有，游客若能和管理各动物的工人攀谈攀谈，他们会亲切地讲这个那个动物的故事给你听，像传记的片段一般；那时你再去看他说的那些东西，便更有意思了。

园里最好玩儿的事，黑猩猩茶会，白熊洗澡。茶会夏天每日下午五点半举行，有茶，有牛油面包。它们会用两只前足，学人的样子。有时"生手"加入，却往往只用一只前足，牛油也是它来，面包也是它来；这种虽是天然，看的人倒好笑了。白熊就是北极熊，从冰天雪地里来，却最喜欢夏天；

越热越高兴，赤日炎炎的中午，它们能整个儿躺在太阳里。也爱下水洗澡，身上老是雪白。它们待在熊台上，有深沟为界；台旁有池，洗澡便在池里。池的一边，隔着一层玻璃可以看它们载浮载沉的姿势。但是一冷到华氏表五十度下，就不肯下水，身上的白雪也便慢慢让尘土封上了。

非洲南部的企鹅也是人们特别乐意看的。它有一岁半婴孩这么大，不会飞，会下水，黑翅膀，灰色胸脯子挺得高高的，昂首缓步，旁若无人。它的特别处就在乎直立着。比鹅大不多少，比鸵鸟，鹤，小得多，可是一直立就有人气，便当另眼相看了。自然，别的鸟也有直立着的，可是太小了，说不上。企鹅又拙得好，现代装饰图案有用它的。只是不耐冷，一到冬天，便没精打采的了。

鱼房鸟房也特别值得看。鱼房分淡水房海水房热带房（也是淡水）。屋内黑洞洞的，壁上嵌着一排镜框似的玻璃，横长方。每框里一种鱼，在水里游来游去，都用电灯光照着，像画。鸟房有两处，热带房里颜色声音最丰富，最新鲜；有种上截翠蓝下截褐红的小鸟，不住地飞上飞下，不住地咕咕呱呱，怪可怜见的。

这个动物园各部分空气光线都不错，又有冷室温室，给动物很周到的设计。只是才两百亩地，实在施展不开，小东西还罢了，像狮子老虎老是关在屋里，未免委屈英雄，就是白熊等物虽有特备的台子，还是局蹐得很；这与鸟笼子也就差得有限了。固然，让这些动物完全自由，那就无所谓动物园；可是若能给它们较大的自由，让它们活得比较自然些，看的人岂不更得看些。所以一九二七年上，动物学会又在伦敦西北惠勃司奈得（Whipsnade，Bedfordshire）地方成立了一所动物园，有三千多亩；据说，那些庞然大物自如多了，游人看起来也痛快多了。

以上几个园子都在市内，都在泰晤士河北。河南偏西有个大大有名的邱园（Kew Gardens）。却在市外了。邱园正名"王家植物园"，世界最重要，最美丽的植物园之一；大一千七百五十亩，栽培的植物在两万四千种以上。这园子现在归农部所管，原也是王室的产业，一八四一年捐给国家；从此起手研究经济植物学和园艺学，便渐渐著名了。他们编印大英帝国植物志。又移种有用的新植物于帝国境内——如西印度群岛的波罗蜜，印度的金鸡纳霜，都是他们介绍进去的。园中博物院四所；第二所经济植物学博物院设于一八四八年，是欧洲最早的一个。

但是外行人只能赏识花木风景而已。水仙花最多，四月尾有所谓"水仙花礼拜日"，游人盛极。温室里奇异的花也不少。园里有什么好花正开着，门口通告牌上逐日都列着表。暖气室最大，分三部：喜马拉耶室养着石楠和山茶，中国石楠也有，小些；中部正面安排着些大凤尾树和棕榈树；凤尾树真大，得仰起脖子看，伸开两胳膊还不够它宽的。周围绕着些时花与灌木之类。另一部是墨西哥室，似乎没有什么特别的东西。

东南角上一座塔，可不能上；十层，一百五十五尺，造于十八世纪中，那正是中国文化流行欧洲的时候，也许是中国的影响吧。据说还有座小小的孔子庙，但找了半天，没找着。不远儿倒有座彩绘的日本牌坊，所谓"敕使门"的，那却造了不过二十年。从塔下到一个人工的湖有一条柏树甬道，也有森森之意；可惜树太细瘦，比起我们中山公园，真是小巫见大巫了。所谓"竹园"更可怜，又不多，又不大，也不秀，还赶不上西山大悲庵那些。

一九三五年十二月十二日作。

歌　　声

昨晚中西音乐歌舞大会里"中西丝竹和唱"的三曲清歌，真令我神迷心醉了。

仿佛一个暮春的早晨，霏霏的毛雨默然洒在我脸上，引起润泽，轻松的感觉。新鲜的微风吹动我的衣袂，像爱人的鼻息吹着我的手一样。我立的一条白矾石的甬道上，经了那细雨，正如涂了一层薄薄的乳油；踏着只觉越发滑腻可爱了。

这是在花园里。群花都还做她们的清梦。那微雨偷偷洗去她们的尘垢，她们的甜软的光泽便自焕发了。在那被洗去的浮艳下，我能看到她们在有日光时所深藏着的恬静的红，冷落的紫，和苦笑的白与绿。以前锦绣般在我眼前的，现有都带了黯淡的颜色。——是愁着芳春的消歇吗？是感着芳春的困倦吗？

大约也因那蒙蒙的雨，园里没了浓郁的香气。涓涓的东风只吹来一缕缕饿了似的花香；夹带着些潮湿的草丛的气息和泥土的滋味。园外田亩和沼泽里，又时时送过些新插的秧，少壮的麦，和成荫的柳树的清新的蒸气。这些虽非甜美，却能强烈地刺激我的鼻观，使我有愉快的倦怠之感。

看啊，那都是歌中所有的：我用耳，也用眼，鼻，舌，身，听着；也用心唱着。我终于被一种健康的麻痹袭取了。于是为歌所有。此后只由歌独自唱着，听着；世界上便只有歌声了。

一九二一年十一月三日，上海。

匆　　匆

　　燕子去了，有再来的时候；杨柳枯了，有再青的时候；桃花谢了，有再开的时候。但是，聪明的，你告诉我，我们的日子为什么一去不复返呢？——是有人偷了他们吧：那是谁？又藏在何处呢？是他们自己逃走了吧：现在又到了哪里呢？

　　我不知道他们给了我多少日子；但我的手确乎是渐渐空虚了。在默默里算着，八千多日子已经从我手中溜去；像针尖上一滴水滴在大海里，我的日子滴在时间的流里，没有声音，也没有影子。我不禁头涔涔而泪潸潸了。

　　去的尽管去了，来的尽管来着；去来的中间，又怎样地匆匆呢？早上我起来的时候，小屋里射进两三方斜斜的太阳。太阳他有脚啊，轻轻悄悄地挪移了；我也茫茫然跟着旋转。于是——洗手的时候，日子从水盆里过去；吃饭的时候，日子从饭碗里过去；默默时，便从凝然的双眼前过去。我觉察他去得匆匆了，伸出手遮挽时，他又从遮挽着的手边过去，天黑时，我躺在床上，他便伶伶俐俐地从我身上跨过，从我脚边飞去了。等我睁开眼和太阳再见，这算又溜走了一日。我掩着面叹息。但是新来的日子的影儿又开始在叹息里闪过了。

　　在逃去如飞的日子里，在千门万户的世界里的我能做些什么呢？只有徘徊罢了，只有匆匆罢了；在八千多日的匆匆里，除徘徊外，又剩些什么呢？过去的日子如轻烟，被微风吹散了，如薄雾，被初阳蒸融了；我留着些什么痕迹呢？我何曾留着像游丝样的痕迹呢？我赤裸裸来到这世界，转眼间也将赤裸裸的回去吧？但不能平的，为什么偏要白白走这一遭啊？

你聪明的，告诉我，我们的日子为什么一去不复返呢？

一九二二年三月二十八日作。

背　影

　　我与父亲不相见已二年余了，我最不能忘记的是他的背影。那年冬天，祖母死了，父亲的差使也交卸了，正是祸不单行的日子，我从北京到徐州，打算跟着父亲奔丧回家。到徐州见着父亲，看见满院狼藉的东西，又想起祖母，不禁簌簌地流下眼泪。父亲说："事已如此，不必难过，好在天无绝人之路！"

　　回家变卖典质，父亲还了亏空；又借钱办了丧事。这些日子，家中光景很是惨淡，一半为了丧事，一半为了父亲赋闲。丧事完毕，父亲要到南京谋事，我也要回北京念书，我们便同行。

　　到南京时，有朋友约去游逛，勾留了一日；第二日上午便须渡江到浦口，下午上车北去。父亲因为事忙，本已说定不送我，叫旅馆里一个熟识的茶房陪我同去。他再三嘱咐茶房，甚是仔细。但他终于不放心，怕茶房不妥帖；颇踌躇了一会。其实我那年已二十岁，北京已来往过两三次，是没有什么要紧的了。他踌躇了一会，终于决定还是自己送我。我两三回劝他不必去；他只说："不要紧，他们去不好！"

　　我们过了江，进了车站。我买票，他忙着照看行李。行李太多了，得向脚夫行些小费，才可过去。他便又忙着和他们讲价钱。我那时真是聪明过分，总觉他说话不大漂亮，非自己插嘴不可。但他终于讲定了价钱；就送我上车。他给我拣定了靠车门的一张椅子；我将他给我做的紫毛大衣铺好座位。

他嘱我路上小心，夜里警醒些，不要受凉。又嘱托茶房好好照应我。我心里暗笑他的迂；他们只认得钱，托他们真是白托！而且我这样大年纪的人，难道还不能料理自己吗？唉，我现在想想，那时真是太聪明了！

我说道："爸爸，你走吧。"他望车外看了看，说："我买几个橘子去。你就在此地，不要走动。"我看那边月台的栅栏外有几个卖东西的等着顾客。走到那边月台，须穿过铁道，须跳下去又爬上去。父亲是一个胖子，走过去自然要费事些。我本来要去的，他不肯，只好让他去。我看见他戴着黑布小帽，穿着黑布大马褂，深青布棉袍，蹒跚地走到铁道边，慢慢探身下去，尚不大难。可是他穿过铁道，要爬上那边月台，就不容易了。他用两手攀着上面，两脚再向上缩；他肥胖的身子向左微倾，显出努力的样子。这时我看见他的背影，我的泪很快地流下来了。我赶紧拭干了泪，怕他看见，也怕别人看见。我再向外看时，他已抱了朱红的橘子往回走了。过铁道时，他先将橘子散放在地上，自己慢慢爬下，再抱起橘子走。到这边时，我赶紧去搀他。他和我走到车上，将橘子一股脑儿放在我的皮大衣上。于是扑扑衣上的泥土，心里很轻松似的，过一会儿说："我走了；到那边来信！"我望着他走出去。他走了几步，回过头看见我，说："进去吧，里边没人。"等他的背影混入来来往往的人里，再找不着了，我便进来坐下，我的眼泪又来了。

近几年来，父亲和我都是东奔西走，家中光景是一日不如一日。他少年出外谋生，独力支持，做了许多大事。哪知老境却如此颓唐！他触目伤怀，自然情不能自已。情郁于中，自然要发之于外；家庭琐屑便往往触他之怒。他待我渐渐不同往日。但最近两年的不见，他终于忘却我的不好，只是惦记着我，惦记着我的儿子。我北来后，他写了一信给我，信中说道："我身体平安，唯膀子疼痛厉害，举箸提笔，诸多不便，大约大去之期不远矣。"
我读到此处，在晶莹的泪光中，又看见那肥胖的，青布棉袍，黑布马褂的背影。
唉！我不知何时再能与他相见！

　　　　　　　　　　　　　　　　　　　　一九二五年十月，在北京。

荷 塘 月 色

　　这几天心里颇不宁静。今晚在院子里坐着乘凉，忽然想起日日走过的荷塘，在这满月的光里，总该另有一番样子吧。月亮渐渐地升高了，墙外马路上孩子们的欢笑，已经听不见了；妻在屋里拍着闰儿，迷迷糊糊地哼着眠歌。我悄悄地披了大衫，带上门出去。

　　沿着荷塘，是一条曲折的小煤屑路。这是一条幽僻的路；白天也少人走，夜晚更加寂寞。荷塘四面，长着许多树，蓊蓊郁郁的。路的一旁，是些杨柳，和一些不知道名字的树。没有月光的晚上，这路上阴森森的，有些怕人。今晚却很好，虽然月光也还是淡淡的。

　　路上只我一个人，背着手踱着。这一片天地好像是我的；我也像超出了平常的自己，到了另一世界里。我爱热闹，也爱冷静；爱群居，也爱独处。像今晚上，一个人在这苍茫的月下，什么都可以想，什么都可以不想，便觉是个自由的人。白天里一定要做的事，一定要说的话，现在都可不理。这是独处的妙处，我且受用这无边的荷香月色好了。

　　曲曲折折的荷塘上面，弥望的是田田的叶子。叶子出水很高，像亭亭的舞女的裙。层层的叶子中间，零星地点缀着些白花，有袅娜地开着的，有羞涩地打着朵儿的；正如一粒粒的明珠，又如碧天里的星星，又如刚出浴的美人。微风过处，送来缕缕清香，仿佛远处高楼上渺茫的歌声似的。这时候叶子与花也有一丝的颤动，像闪电般，霎时传过荷塘的那边去了。

叶子本是肩并肩密密地挨着，这便宛然有了一道凝碧的波痕。叶子底下是脉脉的流水，遮住了，不能见一些颜色；而叶子却更见风致了。

月光如流水一般，静静地泻在这一片叶子和花上。薄薄的青雾浮起在荷塘里。叶子和花仿佛在牛乳中洗过一样；又像笼着轻纱的梦。虽然是满月，天上却有一层淡淡的云，所以不能朗照；但我以为这恰是到了好处——酣眠固不可少，小睡也别有风味的。月光是隔了树照过来的，高处丛生的灌木，落下参差的斑驳的黑影，峭楞楞如鬼一般；弯弯的杨柳的稀疏的倩影，却又像是画在荷叶上。塘中的月色并不均匀；但光与影有着和谐的旋律，如梵婀铃上奏着的名曲。

荷塘的四面，远远近近，高高低低都是树，而杨柳最多。这些树将一片荷塘重重围住；只在小路一旁，漏着几段空隙，像是特为月光留下的。树色一例是阴阴的，乍看像一团烟雾；但杨柳的丰姿，便在烟雾里也辨得出。树梢上隐隐约约的是一带远山，只有些大意罢了。树缝里也漏着一两点路灯光，没精打采的，是渴睡人的眼。这时候最热闹的，要数树上的蝉声与水里的蛙声；但热闹是它们的，我什么也没有。

忽然想起采莲的事情来了。采莲是江南的旧俗，似乎很早就有，而六朝时为盛；从诗歌里可以约略知道。采莲的是少年的女子，她们是荡着小船，唱着艳歌去的。采莲人不用说很多，还有看采莲的人。那是一个热闹的季节，也是一个风流的季节。梁元帝《采莲赋》里说得好：

　　于是妖童媛女，荡舟心许；鹢首徐回，兼传羽杯；棹将移而藻挂，船欲动而萍开。尔其纤腰束素，迁延顾步；夏始春余，叶嫩花初，恐沾裳而浅笑，畏倾船而敛裾。

可见当时嬉游的光景了。这真是有趣的事，可惜我们现在早已无福消受了。

于是又记起《西洲曲》里的句子：

采莲南塘秋，莲花过人头；低头弄莲子，莲子清如水。

今晚若有采莲人，这儿的莲花也算得"过人头"了；只不见一些流水的影子，是不行的。这令我到底惦着江南了。——这样想着，猛一抬头，不觉已是自己的门前；轻轻地推门进去，什么声息也没有，妻已睡熟好久了。

一九二七年七月，北京清华园。

春

盼望着，盼望着，东风来了，春天的脚步近了。

一切都像刚睡醒的样子，欣欣然张开了眼。山朗润起来了，水涨起来了，太阳的脸红起来了。

小草偷偷地从土里钻出来，嫩嫩的，绿绿的。园子里，田野里，瞧去，一大片一大片满是的。坐着，躺着，打两个滚，踢几脚球，赛几趟跑，捉几回迷藏。风轻悄悄的，草绵软软的。

桃树、杏树、梨树，你不让我，我不让你，都开满了花赶趟儿。红的像火，粉的像霞，白的像雪。花里带着甜味，闭了眼，树上仿佛已经满是桃儿、杏儿、梨儿！花下成千成百的蜜蜂嗡嗡地闹着，大小的蝴蝶飞来飞去。野花遍地是：杂样儿，有名字的，没名字的，散在草丛里，像眼睛，像星星，还眨呀眨的。

"吹面不寒杨柳风"，不错的，像母亲的手抚摸着你。风里带来些新翻的泥土的气息，混着青草味，还有各种花的香，都在微微润湿的空气里酝酿。鸟儿将窠巢安在繁花嫩叶当中，高兴起来了，呼朋引伴地卖弄清脆的喉咙，唱出宛转的曲子，与轻风流水应和着。牛背上牧童的短笛，这时候也成天在嘹亮地响。

雨是最寻常的，一下就是三两天。可别恼，看，像牛毛，像花针，像细丝，密密地斜织着，人家屋顶上全笼着一层薄烟。树叶子却绿得发亮，小草也青得逼你的眼。傍晚时候，上灯了，一点点黄晕的光，烘托出一片安静而和平的夜。乡下去，小路上，石桥边，撑起伞慢慢走着的人；还有地里工作的农夫，披着蓑，戴着笠的。他们的草屋，稀稀疏疏的，在雨里静默着。

天上风筝渐渐多了，地上孩子也多了。城里乡下，家家户户，老老小小，他们也赶趟儿似的，一个个都出来了。舒活舒活筋骨，抖擞抖擞精神，各做各的一份事去。"一年之计在于春"；刚起头儿，有的是工夫，有的是希望。

春天像刚落地的娃娃，从头到脚都是新的，它生长着。

春天像小姑娘，花枝招展的，笑着，走着。

春天像健壮的青年，有铁一般的胳膊和腰脚，他领着我们上前去。

一九三三年七月作。

冬　　天

　　说起冬天，忽然想到豆腐。是一"小洋锅"（铝锅）白煮豆腐，热腾腾的。水滚着，像好些鱼眼睛，一小块一小块豆腐养在里面，嫩而滑，仿佛反穿的白狐大衣。锅在"洋炉子"（煤油不打气炉）上，和炉子都熏得乌黑乌黑，越显出豆腐的白。这是晚上，屋子老了，虽点着"洋灯"，也还是阴暗。围着桌子坐的是父亲跟我们哥儿三个。"洋炉子"太高了，父亲得常常站起来，微微地仰着脸，觑着眼睛，从氤氲的热气里伸进筷子，夹起豆腐，一一地放在我们的酱油碟里。我们有时也自己动手，但炉子实在太高了，总还是坐享其成的多。这并不是吃饭，只是玩儿。父亲说晚上冷，吃了大家暖和些。我们都喜欢这种白水豆腐；一上桌就眼巴巴望着那锅，等着那热气，等着热气里从父亲筷子上掉下来的豆腐。

　　又是冬天，记得是阴历十一月十六晚上，跟 S 君 P 君在西湖里坐小划子。S 君刚到杭州教书，事先来信说："我们要游西湖，不管它是冬天。"那晚月色真好，现在想起来还像照在身上。本来前一晚是"月当头"；也许十一月的月亮真有些特别吧。那时九点多了，湖上似乎只有我们一只划子。有点风，月光照着软软的水波；当间那一溜儿反光，像新砑的银子。湖上的山只剩了淡淡的影子。山下偶尔有一两星灯火。S 君口占两句诗道："数星灯火认渔村，淡墨轻描远黛痕。"我们都不大说话，只有均匀的桨声。我渐渐地快睡着了。P 君"喂"了一下，才抬起眼皮，看见他在微笑。船夫问要不要上净寺去；是阿弥陀佛生日，那边蛮热闹的。到了寺里，殿上灯烛辉煌，满是佛婆念佛的声音，好像醒了一场梦。这已是十多年前的事了，S君还常常通着信，P君听说转变了好几次，前年是在一个特税局里收特税了，以后便没有消息。

在台州过了一个冬天，一家四口子。台州是个山城，可以说在一个大谷里。只有一条两里长的大街。别的路上白天简直不大见人；晚上一片漆黑。偶尔人家窗户里透出一点灯光，还有走路的拿着的火把；但那是少极了。我们住在山脚下。有的是山上松林里的风声，跟天上一只两只的鸟影。夏末到那里，春初便走，却好像老在过着冬天似的；可是即便真冬天也并不冷。我们住在楼上，书房临着大路；路上有人说话，可以清清楚楚地听见。但因为走路的人太少了，间或有点说话的声音，听起来还只当远风送来的，想不到就在窗外。我们是外路人，除上学校去之外，常只在家里坐着。妻也惯了那寂寞，只和我们爷儿们守着。外边虽老是冬天，家里却老是春天。有一回我上街去，回来的时候，楼下厨房的大方窗开着，并排地挨着她们母子三个；三张脸都带着天真微笑地向着我。似乎台州空空的，只有我们四人；天地空空的，也只有我们四人。那时是民国十年，妻刚从家里出来，满自在。现在她死了快四年了，我却还老记着她那微笑的影子。

无论怎么冷，大风大雪，想到这些，我心上总是温暖的。

一　封　信

在北京住了两年多了，一切平平常常地过去。要说福气，这也是福气了。因为平平常常，正像"糊涂"一样"难得"，特别是在"这年头"。但不知怎的，总不时想着在那儿过了五六年转徙无常的生活的南方。转徙无常，诚然算不得好日子；但要说到人生味，怕倒比平平常常时候容易深切地感着。现在终日看见一样的脸板板的天，灰蓬蓬的地；大柳高槐，只是大柳高槐而已。于是木木然，心上什么也没有；有的只是自己，自己的家。我想着我的渺小，有些战栗起来；清福究竟也不容易享的。

这几天似乎有些异样。像一叶扁舟在无边的大海上，像一个猎人在无尽的森林里。走路，说话，都要费很大的力气；还不能如意。心里是一团乱麻，也可说是一团火。似乎在挣扎着，要明白些什么，但似乎什么也没有明白。"一部《十七史》，从何处说起"，正可借来做近日的我的注脚。昨天忽然有人提起《我的南方》的诗。这是两年前初到北京，在一个村店里，喝了两杯"莲花白"以后，信笔涂出来的。于今想起那情景，似乎有些渺茫；至于诗中所说的，那更是遥遥乎远哉了，但是事情是这样凑巧：今天吃了午饭，偶然抽一本旧杂志来消遣，却翻着了三年前给 S 的一封信。信里说着台州，在上海，杭州，宁波之南的台州。这真是"我的南方"了。我正苦于想不出，这却指引我一条路，虽然只是"一条"路而已。

我不忘记台州的山水，台州的紫藤花，台州的春日，我也不能忘记 S。

他从前欢喜喝酒，欢喜骂人；但他是个有天真的人。他待朋友真不错。L从湖南到宁波去找他，不名一文；他陪他喝了半年酒才分手。他去年结了婚。为结婚的事烦恼了几个整年的他，这算是叶落归根了；但他也与我一样，已快上那"中年"的线了吧。结婚后我们见过一次，匆匆的一次。我想，他也和一切人一样，结了婚终于是结了婚的样子了吧。但我老只是记着他那喝醉了酒，很妩媚的骂人的意态；这在他或已懊悔着了。

南方这一年的变动，是人的意想所赶不上的。我起初还知道他的踪迹；这半年是什么也不知道了。他到底是怎样地过着这狂风似的日子呢？我所沉吟的正在此。我说过大海，他正是大海上的一个小浪；我说过森林，他正是森林里的一只小鸟。恕我，恕我，我向哪里去找你？

这封信曾印在台州师范学校的《绿丝》上。我现在重印在这里——这是我眼前一个很好的自慰的法子。

九月二十七日记

　　S兄：

　　……

我对于台州，永远不能忘记！我第一日到六师校时，系由埠头坐了轿子去的。轿子走的都是僻路；使我诧异，为什么堂堂一个府城，竟会这样冷静！那时正是春天，而因天气的薄阴和道路的幽寂，使我宛然如入了秋之国土。约莫到了卖冲桥边，我看见那清绿的北固山，下面点缀着几带朴实的洋房子，心胸顿然开朗，仿佛微微的风拂过我的面孔似的。到了校里，登楼一望，见远山之上，都幂着白云。四面全无人声，也无人影；天上的鸟也无一只。只背后山上谡谡的松风略略可听而已。那时我真脱却人间烟火气而飘飘欲仙了！后来我虽然发现了那座楼实在太坏了：柱子如鸡骨，地板如鸡皮！但自然的宽大使我忘记了那房屋的狭窄。我于是曾好几次爬到北固山的顶上，去领略那飕飕的高风，看那低低的，小小的，绿绿的田亩。这是我最高兴的。

　　来信说起紫藤花，我真爱那紫藤花！在那样朴陋——现在大概不那样朴陋了吧——的房子里，庭院中，竟有那样雄伟，那样繁华的紫藤花，真令我十二分惊诧！她的雄伟与繁华遮住了那朴陋，使人一对照，反觉朴陋倒是不可少似的，使人幻想"美好的昔日"！我也曾几度在花下徘徊：那时学生都上课去了，只剩我一人。暖和的晴日，鲜艳的花色，嗡嗡的蜜蜂，酝酿着一庭的春意。我自己如浮在茫茫的春之海里，不知怎么是好！那花真好看：苍老遒劲的枝干，这么粗这么粗的枝干，宛转腾挪而上；谁知她的纤指会那样嫩，那样艳丽呢？那花真好看：一缕缕垂垂的细丝，将她们悬在那皴裂的臂上，临风婀娜，真像嘻嘻哈哈的小姑娘，真像凝妆的少妇，像两颊又像双臂，像胭脂又像粉……我在他们下课的时候，又曾几度在楼头眺望：那丰姿更是撩人：云哟，霞哟，仙女哟！我离开台州以后，永远没见过那样好的紫藤花，我真惦记她，我真妒羡你们！

　　此外，南山殿望江楼上看浮桥（现在早已没有了），看憧憧的人在长长的桥上往来着；东湖水阁上，九折桥上看柳色和水光，看钓鱼的人；府后山沿路看田野，看天；南门外看梨花——再回到北固山，冬天在医院前看山上的雪；都是我喜欢的。说来可笑，我还记得我从前住过的旧仓头杨姓的房子里的一张画桌；那是一张红漆的，一丈光景长而狭的画桌，我放它在我楼上的窗前，在上面读书，和人谈话，过了我半年的生活。现在想已搁起来无人用了吧？唉！

台州一般的人真是和自然一样朴实；我一年里只见过三个上海装束的流氓！学生中我颇有记得的。前些时有位P君写信给我，我虽未有工夫作复，但心中很感谢！乘此机会请你为我转告一句。

我写的已多了；这些胡乱的话，不知可附载在《绿丝》的末尾，使它和我的旧友见见面吗？

弟　自清

买　书

买书也是我的嗜好，和抽烟一样。但这两件事我其实都不在行，尤其是买书。在北平这地方，像我那样买，像我买的那些书，说出来真寒碜死人；不过本文所要说的既非诀窍，也算不得经验，只是些小小的故事，想来也无妨的。

在家乡中学时候，家里每月给零用一元。大部分都报效了一家广益书局，取回些杂志及新书。那老板姓张，有点儿抽肩膀，老是捧着水烟袋；可是人好，我们不觉得他有市侩气。他肯给我们这班孩子记账。每到节下，我总欠他一元多钱。他催得并不怎么紧；向家里商量商量，先还个一元也就成了。那时候最爱读的一本《佛学易解》（贾丰臻著，中华书局印行）就是从张手里买的。那时候不买旧书，因为家里有。只有一回，不知哪儿捡来《文心雕龙》的名字，急着想看，便去旧书铺访求：有一家拿出一部广州套版的，要一元钱，买不起；后来另买到一部，书品也还好，纸墨差些，却只花了小洋三角。这部书还在，两三年前给换上了磁青纸的皮儿，却显得配不上。

到北平来上学入了哲学系，还是喜欢找佛学书看。那时候佛经流通处在西城卧佛寺街鹫峰寺。在街口下了车，一直走，快到城根儿了，才看见那个寺。那是个阴沉沉的秋天下午，街上只有我一个人。到寺里买了《因明入正理论疏》《百法明门论疏》《翻译名义集》等。这股傻劲儿回味起来颇有意思；正像那回从天坛出来，挨着城根，独自个儿，探险似的穿过许多没人走的碱地去访陶然亭一样。在毕业的那年，到琉璃厂华洋书庄去，看见新版韦伯斯特大字典，定价才十四元。可是十四元并不容易找。想来想去，只好硬了心肠将结婚时候父亲给做的一件紫毛（猫皮）水獭领大氅亲手拿着，走到后门一家当铺里去，说当十四元钱。柜上人似乎没有什么留难就答应了。这件大氅是布面子，土式样，领子小而毛杂——原是用了两副"马蹄袖"拼凑起来的。父亲给做这件衣服，可很费了点张罗。拿去当的时候，也踌躇了一下，却终于舍不得那本字典。想着将来准赎出来就是了。想不到竟不能赎出来，这是直到现在翻那本字典时常引为遗憾的。

重来北平之后，有一年忽然想搜集一些杜诗。一家小书铺叫文雅堂的给找了不少，都不算贵；那伙计是个麻子，一脸笑，是铺子里少掌柜的。铺子靠他父亲支持，并没有什么好书，去年他父亲死了，他本人不大内行，让伙计吃了，现在长远不来了，他不知怎么样。说起杜诗，有一回，一家书铺送来高丽本《杜律分韵》，两本书，索价三百元。书极不相干而索价如此之高，荒谬之至，况且书面上原购者明明写着"以银二两得之"。第二天另一家送来一样的书，只要两元钱，我立刻买下。北平的书价，离奇有如此者。

旧历正月里厂甸的书摊值得看；有些人天天巡礼去。我住得远，每年只去一个下午——上午摊儿少。土地祠内外人山人海摩肩接踵地来往。也买过些零碎东西；其中有一本是《伦敦竹枝词》，花了三毛钱。买来以后，恰好《论语》要稿子，选抄了些寄去，加上一点说明，居然得着五元稿费。这是仅有的一次，买的书赚了钱。

在伦敦的时候，从寓所出来，走过近旁小街。有一家小书店门口摆着一架旧书。上前去徘徊了一下，看见一本《牛津书话选》（*The book Lovers' Anthology*），烫花布面，装订不马虎，四百多面，本子也不小，准有七八成新，才一先令六便士，那时合中国一元三毛钱，比东安市场旧洋书还贱些。这选本节录许多名家诗文，说到书的各方面的；性质有点像叶德辉氏《书林清话》，但不像《清话》有系统；他们旨趣原是两样的。因为买这本书，结识了那掌柜的；他以后给我找了不少便宜的旧书。有一种书，他找不到旧的；便和我说，他们批购新书按七五扣，他愿意少赚一扣，按九扣卖给我。我没有要他这么办，但是很感谢他的好意。

一九三五年一月十日作

给 亡 妇

　　谦，日子真快，一眨眼你已经死了三个年头了。这三年里世事不知变化了多少回，但你未必注意这些个，我知道。你第一惦记的是你几个孩子，第二便轮着我。孩子和我平分你的世界，你在日如此；你死后若还有知，想来还如此的。告诉你，我夏天回家来着：迈儿长得结实极了，比我高一个头。闰儿父亲说是最乖，可是没有先前胖了。采芷和转子都好。五儿全家夸她长得好看；却在腿上生了湿疮，整天坐在竹床上不能下来，看了怪可怜的。六儿，我怎么说好，你明白，你临终时也和母亲谈过，这孩子是只可以养着玩儿的，他左挨右挨去年春天，到底没有挨过去。这孩子生了几个月，你的肺病就重起来了。我劝你少亲近他，只监督着老妈子照管就行。你总是忍不住，一会儿提，一会儿抱的。可是你病中为他操的那一份儿心也够瞧的。那一个夏天他病的时候多，你成天儿忙着，汤呀，药呀，冷呀，暖呀，连觉也没有好好儿睡过。哪里有一分一毫想着你自己。瞧着他硬朗点儿你就乐，干枯的笑容在黄蜡般的脸上，我只有暗中叹气而已。

　　从来想不到做母亲的要像你这样。从迈儿起，你总是自己喂乳，一连四个都这样。你起初不知道按钟点儿喂，后来知道了，却又弄不惯；孩子们每夜里几次将你哭醒了，特别是闷热的夏季。我瞧你的觉老没睡足。白天里还得做菜，照料孩子，很少得空儿。你的身子本来坏，四个孩子就累你七八年。到了第五个，你自己实在不成了，又没乳，只好自己喂奶粉，另雇老妈子专管她。但孩子跟老妈子睡，你就没有放过心；夜里一听见哭，就竖起耳朵听，工夫一大就得过去看。十六年初，和你到北京来，将迈儿，转子留在家里；三年多还不能去接他们，可真把你惦记苦了。你并不常提，我却明白。你后来说你的病就是惦记出来的；那个自然也有份儿，不过大半还是养育孩子累的。你的短短的十二年结婚生活，有十一年耗费在孩子们身上；而你一点不厌倦，有多少力量用多少，一直到自己毁灭为止。你对孩子一般儿爱，不问男的女的，大的小的。也不想到什么"养儿防老，积谷防饥"，只拼命地爱去。你对于教育老实说有些外行，孩子们只要吃得好玩得好就成了。这也难怪你，你自己便是这样长大的。况且孩子们原都还小，吃和玩本来也要紧的。你病重的时候最放不下的还是孩子。病得只剩皮包着骨头了，总不信自己不会好；老说："我死了，这一大群孩子可苦了。"后来说送你回家，你想着可以看见迈儿和转子，也愿意；你万想不到会一走不返的。我送车的时候，你忍不住哭了，说："还不知能不能再见？"可怜，你的心我知道，你满想着好好儿带着六个孩子回来见我的。谦，你那时一定这样想，一定的。

除了孩子，你心里只有我。不错，那时你父亲还在；可是你母亲死了，他另有个女人，你老早就觉得隔了一层似的。出嫁后第一年你虽还一心一意依恋着他老人家，到第二年上我和孩子可就将你的心占住，你再没有多少工夫惦记他了。你还记得第一年我在北京，你在家里。家里来信说你待不住，常回娘家去。我动气了，马上写信责备你。你教人写了一封复信，说家里有事，不能不回去。这是你第一次也可以说第末次的抗议，我从此就没给你写信。暑假时带了一肚子主意回去，但见了面，看你一脸笑，也就拉倒了。打这时候起，你渐渐从你父亲的怀里跑到我这儿。你换了金镯子帮助我的学费，叫我以后还你；但直到你死，我没有还你。你在我家受了许多气，又因为我家的缘故受你家里的气，你都忍着。这全为的是我，我知道。那回我从家乡一个中学半途辞职出走。家里人讽你也走。哪里走！只得硬着头皮往你家去。那时你家像个冰窖子，你们在窖里足足住了三个月。好容易我才将你们领出来了，一同上外省去。小家庭这样组织起来了。你虽不是什么阔小姐，可也是自小娇生惯养的，做起主妇来，什么都得干一两手；你居然做下去了，而且高高兴兴地做下去了。菜照例满是你做，可是吃的都是我们；你至多夹上两三筷子就算了。你的菜做得不坏，有一位老在行大大地夸奖过你。你洗衣服也不错，夏天我的绸大褂大概总是你亲自动手。你在家老不乐意闲着；坐前几个"月子"，老是四五天就起床，说是躺着家里事没条没理的。其实你起来也还不是没条理；咱们家那么多孩子，哪儿来条理？在浙江住的时候，逃过两回兵难，我都在北平。真亏你领着母亲和一群孩子东藏西躲的；末一回还要走多少里路，翻一道大岭。这两回差不多只靠你一个人。你不但带了母亲和孩子们，还带了我一箱箱的书；你知道我是最爱书的。在短短的十二年里，你操的心比人家一辈子还多；谦，你那样身子怎么经得住！你将我的责任一股脑儿担负了去，压死了你；我如何对得起你！

你为我的捞什子书也费了不少神；第一回让你父亲的男用人从家乡捎到上海去。他说了几句闲话，你气得在你父亲面前哭了。第二回是带着逃难，别人都说你傻子。你有你的想头："没有书怎么教书？况且他又爱这个玩意儿。"其实你没有晓得，那些书丢了也并不可惜；不过教你怎么晓得，我平常从来没和你谈过这些个！总而言之，你的心是可感谢的。这十二年里你为我吃的苦真不少，可是没有过几天好日子。我们在一起住，算来也还不到五个年头。无论日子怎么坏，无论是离是合，你从来没对我发过脾气，连一句怨言也没有。——别说怨我，就是怨命也没有过。老实说，我的脾气可不大好，迁怒的事儿有的是。那些时候你往往抽噎着流眼泪，从不回嘴，也不号啕。不过我也只信得过你一个人，有些话我只和你一个人说，因为世界上只你一个人真关心我，真同情我。你不但为我吃苦，更为我分苦；我之有我现在的精神，大半是你给我培养着的。这些年来我很少生病。但我最不耐烦生病，生了病就呻吟不绝，闹那伺候病的人。你是领教过一回的，那回只一两点钟，可是也够麻烦了。你常生病，却总不开口，挣扎着起来；一来怕搅我，二来怕没人做你那份儿事。我有一个坏脾气，怕听人生病，也是真的。后来你天天发烧，自己还以为南方带来的疟疾，一直瞒着我。明明躺着，听见我的脚步，一骨碌就坐起来。我渐渐有些奇怪，让大夫一瞧，这可糟了，你的一个肺已烂了一个大窟窿了！大夫劝你到西山去静养，你丢不下孩子，又舍不得钱；劝你在家里躺着，你也丢不下那份儿家务。越看越不行了，这才送你回去。明知凶多吉少，想不到只一个月工夫你就完了！本来盼望还见得着你，这一来可拉倒了。你也何尝想到这个？父亲告诉我，你回家独住着一所小住宅，还嫌没有客厅，怕我回去不便哪。

前年夏天回家，上你坟上去了。你睡在祖父母的下首，想来还不孤单的。只是当年祖父母的坟太小了，你正睡在圹底下。这叫作"抗圹"，在生人看来是不安心的；等着想办法哪。那时圹上圹下密密地长着青草，朝露浸湿了我的布鞋。你刚埋了半年多，只有圹下多出一块土，别的全然看不出新坟的样子。我和隐今夏回去，本想到你的坟上来；因为她病了没来成。我们想告诉你，五个孩子都好，我们一定尽心教养他们，让他们对得起死了的母亲——你！谦，好好儿放心安睡吧，你。

一九三二年十月十一日作。

我所见的叶圣陶

我第一次与圣陶见面是在民国十年（1921 年）的秋天。那时刘延陵兄介绍我到吴淞炮台湾中国公学教书。到了那边，他就和我说："叶圣陶也在这儿。"我们都念过圣陶的小说，所以他这样告我。我好奇地问道："怎样一个人？"出乎我的意料，他回答我："一位老先生哩。"但是延陵和我去访问圣陶的时候，我觉得他的年纪并不老，只那朴实的服色和沉默的风度与我们平日所想象的苏州少年文人叶圣陶不甚符合罢了。

记得见面的那一天是一个阴天。我见了生人照例说不出话；圣陶似乎也如此。我们只谈了几句关于作品的泛泛的意见，便告辞了。延陵告诉我每星期六圣陶总回角直去；他很爱他的家。他在校时常邀延陵出去散步；我因与他不熟，只独自坐在屋里。不久，中国公学忽然起了风潮。我向延陵说起一个强硬的办法；——实在是一个笨而无聊的办法！——我说只怕叶圣陶未必赞成。但是出乎我的意料，他居然赞成了！后来细想他许是有意优容我们吧；这真是老大哥的态度呢。我们的办法天然是失败了，风潮延宕下去；于是大家都住到上海来。我和圣陶差不多天天见面；同时又认识了西谛，予同诸兄。这样经过了一个月；这一个月实在是我的很好的日子。

我看出圣陶始终是个寡言的人。大家聚谈的时候，他总是坐在那里听着。他却并不是喜欢孤独，他似乎老是那么有味地听着。至于与人独对的时候，自然多少要说些话；但辩论是不来的。他觉得辩论要开始了，往往微笑着说：

"这个弄不大清楚了。"这样就过去了。他又是个极和易的人，轻易看不见他的怒色。他辛辛苦苦保存着的《晨报》副张，上面有他自己的文字的，特地从家里捎来给我看；让我随便放在一个书架上，给散失了。当他和我同时发现这件事时，他只略露惋惜的颜色，随即说："由他去末哉，由他去末哉！"我是至今惭愧着，因为我知道他作文是不留稿的。他的和易出于天性，并非阅历世故，矫揉造作而成。他对于世间妥协的精神是极厌恨的。在这一月中，我看见他发过一次怒；——始终我只看见他发过这一次怒——那便是对于风潮的妥协论者的蔑视。

风潮结束了，我到杭州教书。那边学校当局要我约圣陶去。圣陶来信说："我们要痛痛快快游西湖，不管这是冬天。"他来了，教我上车站去接。我知道他到了车站这一类地方，是会觉得寂寞的。他的家实在太好了，他的衣着，一向都是家里管。我常想，他好像一个小孩子；像小孩子的天真，也像小孩子的离不开家里人。必须离开家里人时，他也得找些熟朋友伴着；孤独在他简直是有些可怕的。所以他到校时，本来是独住一屋的，却愿意将那间屋做我们两人的卧室，而将我那间做书室。这样可以常常相伴；我自然也乐意，我们不时到西湖边去；有时下湖，有时只喝喝酒。在校时各据一桌，我只预备功课，他却老是写小说和童话。初到时，学校当局来看过他。第二天，我问他："要不要去看看他们？"他皱眉道："一定要去吗？等一天吧。"后来始终没有去。他是最反对形式主义的。

那时他小说的材料，是旧日的储积；童话的材料有时却是片刻的感兴。如《稻草人》中《大喉咙》一篇便是。那天早上，我们都醒在床上，听见工厂的汽笛；他便说："今天又有一篇了，我已经想好了，来得真快呵。"

那篇的艺术很巧，谁想他只是片刻的构思呢！他写文字时，往往拈笔伸纸，便手不停挥地写下去，开始及中间，停笔踌躇时绝少。他的稿子极清楚，每页至多只有三五个涂改的字。他说他从来是这样的。每篇写毕，我自然先睹为快；他往往称述结尾的适宜，他说对于结尾是有些把握的。看完，他立即封寄《小说月报》；照例用平信寄。我总劝他挂号；但他说："我老是这样的。"他在杭州不过两个月，写的真不少，教人羡慕不已。《火灾》里从《饭》起到《风潮》这七篇，还有《稻草人》中一部分，都是那时我亲眼看他写的。

在杭州待了两个月，放寒假前，他便匆匆地回去了；他实在离不开家，临去时让我告诉学校当局，无论如何不回来了。但他却到北平住了半年，也是朋友拉去的。我前些日子偶翻十一年的《晨报副刊》，看见他那时途中思家的小诗，重念了两遍，觉得怪有意思。北平回去不久，便入了商务印书馆编译部，家也搬到上海。从此在上海待下去，直到现在—— 中间又被朋友拉到福州一次，有一篇《将离》抒写那回的别恨，是缠绵悱恻的文字。这些日子，我在浙江乱跑，有时到上海小住，他常请了假和我各处玩儿或喝酒。有一回，我便住在他家，但我到上海，总爱出门，因此他老说没有能畅谈；他写信给我，老说这回来要畅谈几天才行。

十六年一月，我接眷北来，路过上海，许多熟朋友和我饯行，圣陶也在。那晚我们痛快地喝酒，发议论；他是照例地默着。酒喝完了，又去乱走，他也跟着。到了一处，朋友们和他开了个小玩笑；他脸上略露窘意，但仍微笑地默着。圣陶不是个浪漫的人；在一种意义上，他正是延陵所说的"老先生"。但他能了解别人，能谅解别人，他自己也能"作达"，所以仍然—— 也许格外——是可亲的。那晚快夜半了，走过爱多亚路，他向我诵周美成的词，"酒已都醒，如何消夜永！"我没有说什么；那时的心情，大约也不能说什么的。我们到一品香又消磨了半夜。这一回特别对不起圣陶；他是不能少睡觉的人。他家虽住在上海，而起居还依着乡居的日子；早七点起，晚九点睡。有一回我九点十分去，他家已熄了灯，关好门了。这种自然的，有秩序的生活是对的。那晚上伯祥说："圣兄明天要不舒服了。"想起来真是不知要怎样感谢才好。

　　第二天我便上船走了，一眨眼三年半，没有上南方去。信也很少，却全是我的懒。我只能从圣陶的小说里看出他心境的迁变；这个我要留在另一文中说。圣陶这几年里似乎到十字街头走过一趟，但现在怎么样呢？我却不甚了然。他从前晚饭时总喝点酒，"以半醺为度"；近来不大能喝酒了，却学了吹笛——前些日子说已会一出《八阳》，现在该又会了别的了吧。他本来喜欢看看电影，现在又喜欢听听昆曲了。但这些都不是"厌世"，如或人所说的；圣陶是不会厌世的，我知道。又，他虽会喝酒，加上吹笛，却不曾抽什么"上等的纸烟"，也不曾住过什么"小小别墅"，如或人所想的，这个我也知道。

　　　　　　　　　　　　　　　　　　一九三〇年七月，北平清华园。

教育家的夏丏尊先生

夏丏尊先生是一位理想家。他有高远的理想，可并不是空想，他少年时倾向无政府主义，一度想和几个朋友组织新村，自耕自食，但是没有实现。他办教育，也是理想主义的。最足以表现他的是浙江上虞白马湖的春晖中学，那时校长是已故的经子渊先生（亨颐）。但是他似乎将学校的事全交给了夏先生。是夏先生约集了一班气味相投的教师，招来了许多外地和本地的学生，创立了这个中学。他给学生一个有诗有画的学术环境，让他们按着个性自由发展。学校成立了两年，我也去教书，刚一到就感到一种平静亲和的氛围，是别的学校没有的。我读了他们的校刊，觉得特别亲切有味，也跟别的校刊大不同。我教着书，看出学生对文学和艺术的欣赏力和表现力都比别的同级的学校高得多。

但是理想主义的夏先生终于碰着实际的壁了。他跟他的多年的老朋友校长经先生意见越来越差异，跟他的至亲在学校任主要职务的意见也不投合；他一面在私人关系上还保持着对他们的友谊和亲谊；一面在学校政策上却坚执着他的主张，他的理想，不妥协，不让步。他不用强力，只是不合作；终于他和一些朋友都离开了春晖中学。朋友中匡互生等几位先生便到上海创办立达学园；可是夏先生对办学校从此灰心了。但他对教育事业并不灰心，这是他安身立命之处；于是又和一些朋友创办开明书店，创办《中学生杂志》，写作他所专长的国文科的指导书籍。《中学生杂志》和他的书的影响，是大家都知道的。他是始终献身于教育，献身于教育的理想的人。

　　夏先生是以宗教的精神来献身于教育的。他跟李叔同先生是多年好友。他原是学工的，他对于文学和艺术的兴趣，也许多少受了李先生的影响。他跟李先生是杭州省立第一师范学校同事，校长就是经子渊先生。李先生和他都在实践感化教育，的确收了效果；我从受过他们的教的人可以亲切地看出。后来李先生出了家，就是弘一师。夏先生和我说过，那时他也认真考虑过出家。他虽然到底没有出家，可是受弘一师的感动极大，他简直信仰弘一师。自然他对佛教也有了信仰，但不在仪式上。他是热情的人，他读《爱的教育》，曾经流了好多泪。他翻译这本书，是抱着佛教徒了愿的精神在动笔的，从这件事上可以见出他将教育和宗教打成一片。这也正是他的从事教育事业的态度。他爱朋友，爱青年，他关心他们的一切。在春晖中学时，学生给他一个绰号叫作"批评家"，同事也常和他开玩笑，说他有"支配欲"。其实他只是太关心别人了，忍不住参加一些意见罢了。他的态度永远是亲切的，他的说话也永远是亲切的。

　　夏先生才真是一位诲人不倦的教育家。

　　　　　　　　　　　　　　　　　　　　　一九四六年七月十二日作。

论 自 己

翻开辞典，"自"字下排列着数目可观的成语，这些"自"字多指自己而言。这中间包括一大堆哲学，一大堆道德，一大堆诗文和废话，一大堆人，一大堆我，一大堆悲喜剧。自己"真乃天下第一英雄好汉"，有这么些可说的，值得说值不得说的！难怪纽约电话公司研究电话里最常用的字，在五百次通话中会发现三千九百九十次的"我"。这"我"字便是自己称自己的声音，自己给自己的名儿。

自爱自怜！真是天下第一英雄好汉也难免的，何况区区寻常人！冷眼看去，也许只觉得那妄自尊大狂妄得可笑；可是这只见了真理的一半儿。掉过脸儿来，自爱自怜确也有不得不自爱自怜的。幼小时候有父母爱怜你，特别是有母亲爱怜你。到了长大成人，"娶了媳妇儿忘了娘"，娘这样看时就不必再爱怜你，至少不必再像当年那样爱怜你。——女的呢，"嫁出门的女儿，泼出门的水"；做母亲的虽然未必这样看，可是形格势禁而且鞭长莫及，就是爱怜得着，也只算找补点罢了。爱人该爱怜你？然而爱人们的嘴一例是甜蜜的，谁能说"你泥中有我，我泥中有你！"真有那么回事儿？赶到爱人变了太太，再生了孩子，你算成了家，太太得管家管孩子，更不能一心儿爱怜你。你有时候会病，"久病床前无孝子"，太太怕也够倦的，够烦的。住医院？好，假如有运气住到像当年北平协和医院样的医院里去，倒是比家里强得多。但是护士们看护你，是服务，是工作；也许夹上点儿爱怜在里头，那是"好生之德"，不是爱怜你，是爱怜"人类"。——你又不能老待在家里，一离开家，怎么着也算"作客"；那时候更没有爱怜你的。可以有朋友招呼你；但朋友有朋友的事儿，哪能教他将心常放在你身上？可以有属员或仆役伺候你，那——说得上是爱怜吗？总而言之，天下第一爱怜自己的，只有自己；自爱自怜的道理就在这儿。

再说，"大丈夫不受人怜。"穷有穷干，苦有苦干；世界那么大，凭自己的身手，哪儿就打不开一条路？何必老是向人愁眉苦脸唉声叹气的！愁眉苦脸不顺耳，别人会来爱怜你？自己免不了伤心的事儿，咬紧牙关忍着，等些日子，等些年月，会平静下去的。说说也无妨，只别不拣时候不看地方老是向人叨叨，叨叨得谁也不耐烦的岔开你或者躲开你。也别怨天怨地将一大堆感叹的句子向人身上扔过去。你怨的是天地，倒碍不着别人，只怕别人奇怪你的火气怎么这样大。——自己也免不了吃别人的亏。值不得计较的，不作声吞下肚去。出入大的想法子复仇，力量不够，卧薪尝胆的准备着。可别这儿那儿尽嚷嚷——嚷嚷完了一扔开，倒便宜了那欺负你的人。"好汉胳膊折了往袖子里藏"，为的是不在人面前露怯相，要人爱怜这"苦人儿"似的，这是要强，不是装。说也怪，不受人怜的人倒是能得人怜的人；要强的人总是最能自爱自怜的人。

大丈夫也罢，小丈夫也罢，自己其实是渺乎其小的，整个儿人类只是一个小圆球上一些碳水化合物，像现代一位哲学家说的，别提一个人的自己了。庄子所谓马体一毛，其实还是放大了看的。英国有一家报纸登过一幅漫画，画着一个人，仿佛在一间铺子里，周遭陈列着从他身体里分析出来的各种元素，每种标明分量和价目，总数是五先令——那时合七元钱。现在物价涨了，怕要合国币一千元了吧？然而，个人的自己也就值区区这一千元儿！自己这般渺小，不自爱自怜着点又怎么着！然而，"顶天立地"的是自己，"天地与我并生，万物与我为一"的也是自己；有你说这些大处只是好听的话语，好看的文句？你能愣说这样的自己没有！有这样的自己，岂不更值得自爱自怜的？再说自己的扩大，在一个寻常人的生活里也可见出。且先从小处看。小孩子就爱搜集各国的邮票，正是在扩大自己的世界。从前有人劝学世界语，说是可以和各国人通信。你觉得这话幼稚可笑？可是这未尝不是扩大自己的一个方向。再说这回抗战，许多人都走过了若干地方，增长了若干阅历。特别是青年人身上，你一眼就看出来，他们是和抗战前不同了，他们的自己扩大了。——这样看，自己的小，自己的大，自己的由小而大。在自己都是好的。

自己都觉得自己好，不错；可是自己的确也都爱好。做官的都爱做好官，不过往往只知道爱做自己家里人的好官，自己亲戚朋友的好官；这种好官往往是自己国家的贪官污吏。做盗贼的也都爱做好盗贼——好喽啰，好伙伴，好头儿，可都只在贼窝里。有大好，有小好，有好得这样坏。自己关闭在自己的丁点大的世界里，往往越爱好越坏。所以非扩大自己不可。但是扩大自己得一圈儿一圈儿的，得充实，得踏实。别像肥皂泡儿，一大就裂。"大丈夫能屈能伸"，该屈的得屈点儿，别只顾伸出自己去。也得估计自己的力量。力量不够的话，"人一能之，己百之，人十能之，己千之"；得寸是寸，得尺是尺。总之路是有的。看得远，想得开，把得稳；自己是世界的时代的一环，别脱了节才真算好。力量怎样微弱，可是是自己的。相信自己，靠自己，随时随地尽自己的一份儿往最好里做去，让自己活得有意思，一时一刻一分一秒都有意思。这么着，自爱自怜才真是有道理的。

一九四二年九月一日作。

论　别　人

　　有自己才有别人，也有别人才有自己。人人都懂这个道理，可是许多人不能行这个道理。本来自己以外都是别人，可是有相干的，有不相干的。可以说是"我的"那些，如我的父母妻子，我的朋友等，是相干的别人，其余的是不相干的别人。相干的别人和自己合成家族亲友；不相干的别人和自己合成社会国家。自己也许愿意只顾自己，但是自己和别人是相对的存在，离开别人就无所谓自己，所以他得顾到家族亲友，而社会国家更要他顾到那些不相干的别人。所以"自了汉"不是好汉，"自顾自"不是好话，"自私自利"，"不顾别人死活"，"只知有己，不知有人"的，更都不是好人。所以孔子之道只是个忠恕：忠是己之所欲，以施于人，恕是"己所不欲，勿施于人"。这是一件事的两面，所以说"一以贯之"。孔子之道，只是教人为别人着想。

　　可是儒家有"亲亲之杀"的话，为别人着想也有个层次。家族第一，亲戚第二，朋友第三，不相干的别人挨边儿。几千年来顾家族是义务，顾别人多多少少只是义气；义务是分内，义气是分外。可是义务似乎太重了，别人压住了自己。这才来了五四时代。这是个自我解放的时代，个人从家族的压迫下挣出来，开始独立在社会上。于是乎自己第一，高于一切，对于别人，几乎什么义务也没有了似的。可是又都要改造社会，改造国家，甚至于改造世界，说这些是自己的责任。虽然是责任，却是无限的责任，爱尽不尽，爱尽多少尽多少；反正社会国家世界都可以只是些抽象名词，不像一家老小在张着嘴等着你。所以自己顾自己，在实际上第一，兼顾社会国家世界，在名义上第一。这算是义务。顾到别人，无论相干的不相干的，都只是义气，而且是客气。这些解放了的，以及生得晚没有赶上那种压迫的人，既然自己高于一切，别人自当不在眼下，而居然顾到别人，自当算是客气。其实在这些天之骄子各自的眼里，别人都似乎为自己活着，都得来供养自己才是道理。"我爱我"成为风气，处处为自己着想，说是"真"；为别人着想倒说是"假"，是"虚伪"。可是这儿"假"倒有些可爱，"真"倒有些可怕似的。

为别人着想其实也只是从自己推到别人，或将自己当作别人，和为自己着想并无根本的差异。不过推己及人，设身处地，确需要相当的勉强，不像"我爱我"那样出于自然。所谓"假"和"真"大概是这种意思。这种"真"未必就好，这种"假"也未必就是不好。读小说看戏，往往会为书中人戏中人捏一把汗，掉眼泪，所谓替古人担忧。这也是推己及人，设身处地；可是因为人和地只在书中戏中，并非实有，没有利害可计较，失去相干的和不相干的那分别，所以"推""设"起来，也觉自然而然。作小说的演戏的就不能如此，得观察，揣摩，体贴别人的口气，身份，心理，才能达到"逼真"的地步。特别是演戏，若不能忘记自己，那非糟不可。这个得勉强自己，训练自己；训练越好，越"逼真"，越美，越能感染读者和观众。如果"真"是"自然"，小说的读者，戏剧的观众那样为别人着想，似乎不能说是"假"。小说的作者，戏剧的演员的观察，揣摩，体贴，似乎"假"，可是他们能以达到"逼真"的地步，所求的还是"真"。在文艺里为别人着想是"真"，在现实生活里却说是"假"，"虚伪"，似乎是利害的计较使然；利害的计较是骨子，"真"，"假"，"虚伪"只是好看的门面罢了。计较利害过了分，真是像法朗士说的"关闭在自己的牢狱里"；老那么关闭着，非死不可。这些人幸而还能读小说看戏，该仔细吟味，从那里学习学习怎样为别人着想。

五四以来，集团生活发展。这个那个集团和家族一样是具体的，不像社会国家有时可以只是些抽象名词。集团生活将原不相干的别人变成相干的别人，要求你也训练你顾到别人，至少是那广大的相干的别人。集团的约束力似乎一直在增强中，自己不得不为别人着想。那自己第一，自己高于一切的信念似乎渐渐低下头去了。可是来了抗战的大时代。抗战的力量无疑的出于二十年来集团生活的发展。可是抗战以来，集团生活发展得太快了，这儿那儿不免有多少还不能够得着均衡的地方。个人就又出了头，自己就又可以高于一切；现在却不说什么"真"和"假"了，只凭着神圣的抗战的名字做那些自私自利的事，名义上是顾别人，实际上只顾自己。自己高于一切，自己的集团或机关也就高于一切；自己肥，自己机关肥，别人瘦，别人机关瘦，乐自己的，管不着！——瘦瘪了，饿死了，活该！相信最后的胜利到来的时候，别人总会压下那些猖獗的卑污的自己的。这些年自己实在太猖獗了，总盼望压下它的头去。自然，一个劲儿顾别人也不一定好。仗义忘身，急人之急，确是英雄好汉，但是难得见。常见的不是敷衍妥协的乡愿，就是卑屈甚至谄媚的可怜虫，这些人只是将自己丢进了垃圾堆里！可是，有人说得好，人生是个比例问题。目下自己正在张牙舞爪的，且头痛医头，脚痛医脚，先来多想想别人吧！

　　　　　　　　　　　　　　　　　　　　　　一九四二年八月十六日作。

论　诚　意

　　诚伪是品性，却又是态度。从前论人的诚伪，大概就品性而言。诚实，诚笃，至诚，都是君子之德；不诚便是诈伪的小人。品性一半是生成，一半是教养；品性的表现出于自然，是整个儿的为人。说一个人是诚实的君子或诈伪的小人，是就他的行迹总算账。君子大概总是君子，小人大概总是小人。虽然说气质可以变化，盖了棺才能论定人，那只是些特例。不过一个社会里，这种定型的君子和小人并不太多，一般常人都浮沉在这两界之间。所谓浮沉，是说这些人自己不能把握住自己，不免有诈伪的时候。这也是出于自然。还有一层，这些人对人对事有时候自觉的加减他们的诚意，去适应那局势。这就是态度。态度不一定反映出品性来；一个诚实的朋友到了不得已的时候，也会撒个谎什么的。态度出于必要，出于处世的或社交的必要，常人是免不了这种必要的。这是"世故人情"的一个项目。有时可以原谅，有时甚至可以容许。态度的变化多，在现代多变的社会里也许更会使人感兴趣些。我们嘴里常说的，笔下常写的"诚恳""诚意"和"虚伪"等词，大概都是就态度说的。

　　但是一般人用这几个词似乎太严格了一些。照他们的看法，不诚恳无诚意的人就未免太多。而年轻人看社会上的人和事，除了他们自己以外差不多尽是虚伪的。这样用"虚伪"那个词，又似乎太宽泛了一些。这些跟老先生们开口闭口说"人心不古，世风日下"同样犯了笼统的毛病。一般人似乎将品性和态度混为一谈，年轻人也如此，却又加上了"天真""纯洁"种种幻想。诚实的品性确是不可多得，但人孰无过，不论哪方面，完人或圣贤总是很少的。我们恐怕只能宽大些，卑之无甚高论，从态度上着眼。不然无谓的烦恼和纠纷就太多了。至于天真纯洁，似乎只是儿童的本分——老气横秋的儿童实在不顺眼。可是一个人若总是那么天真纯洁下去，他自己也许还没有什么，给别人的麻烦却就太多。有人赞美"童心""孩子气"，那也只限于无关大体的小节目，取其可以调剂调剂平板的氛围。若是重要关头也如此，那时天真恐怕只是任性，纯洁恐怕只是无知罢了。幸而不诚恳，无诚意，虚伪等已经成了口头禅，一般人只是跟着大家信口说着，至多皱皱眉，冷笑笑，表示无可奈何的样子就过去了。自然也短不了认真的，那却苦了自己，甚至于苦了别人。年轻人容易认真，容易不满意，他们的不满意往往是社会改革的动力。可是他们也得留心，若是在诚伪的分别上认真得过了分，也许会成为虚无主义者。

人与人事与事之间各有分际，言行最难得恰如其分。诚意是少不得的，但是分际不同，无妨斟酌加减点儿。种种礼数或过场就是从这里来的。有人说礼是生活的艺术，礼的本意应该如此。日常生活里所谓客气，也是一种礼数或过场。有些人觉得客气太拘形迹，不见真心，不是诚恳的态度。这些人主张率性自然。率性自然未尝不可，但是得看人去。若是一见生人就如此这般，就有点野了。即使熟人，毫无节制的率性自然也不成。夫妇算是熟透了的，有时还得"相敬如宾"，别人可想而知。总之，在不同的局势下，率性自然可以表示诚意，客气也可以表示诚意，不过诚意的程度不一样罢了。客气要大方，合身份，不然就是诚意太多；诚意太多，诚意就太贱了。

　　看人，请客，送礼，也都是些过场。有人说这些只是虚伪的俗套，无聊的玩意儿。但是这些其实也是表示诚意的。总得心里有这个人，才会去看他，请他，送他礼，这就有诚意了。至于看望的次数，时间的长短，请作主客或陪客，送礼的情形，只是诚意多少的分别，不是有无的分别。看人又有回看，请客有回请，送礼有回礼，也只是回答诚意。古语说得好，"来而不往非礼也"，无论古今，人情总是一样的。有一个人送年礼，转来转去，自己送出去的礼物，有一件竟又回到自己手里。他觉得虚伪无聊，当作笑谈。笑谈确乎是的，但是诚意还是有的。又一个人路上遇见一个本不大熟的朋友向他说："我要来看你。"这个人告诉别人说："他用不着来看我，我也知道他不会来看我，你瞧这句话才没意思呢！"那个朋友的诚意似乎是太多了。凌叔华女士写过一个短篇小说，叫作《外国规矩》，说一位青年留学生陪着一位旧家小姐上公园，尽招呼她这样那样的。她以为让他爱上了，哪里知道他行的只是"外国规矩"！这喜剧由于那位旧家小姐不明白新礼数，新过场，多估量了那位留学生的诚意。可见诚意确是有分量的。

　　人为自己活着，也为别人活着。在不伤害自己身份的条件下顾全别人的情感，都得算是诚恳，有诚意。这样宽大的看法也许可以使一些人活得更有兴趣些。西方有句话："人生是做戏。"做戏也无妨，只要有心往好里做就成。客气等等一定有人觉得是做戏，可是只要为了大家好，这种戏也值得做的。另一方面，诚恳，诚意也未必不是戏。现在人常说，"我很诚恳地告诉你"，"我是很有诚意的"，自己标榜自己的诚恳，诚意，大有卖瓜的说瓜甜的神气，诚实的君子大概不会如此。不过一般人也已习惯自然，知道这只是为了增加诚意的分量，强调自己的态度，跟买卖人的吆喝到底不是一回事儿。常人到底是常人，得跟着局势斟酌加减他们的诚意，变化他们的态度；这就不免沾上了些戏味。西方还有句话，"诚实是最好的政策"，"诚实"也只是态度；这似乎也是一句戏词儿。

《星期评论》，一九三〇年。

论 老 实 话

美国前国务卿贝尔纳斯退职后写了一本书，题为《老实话》。这本书中国已经有了不止一个译名，或作《美苏外交秘录》，或作《美苏外交内幕》，或作《美苏外交纪实》，"秘录""内幕"和"纪实"都是"老实话"的意译。前不久笔者参加一个宴会，大家谈起贝尔纳斯的书，谈起这个书名。一个美国客人笑着说："贝尔纳斯最不会说老实话！"大家也都一笑。贝尔纳斯的这本书是否说的全是"老实话"，暂时不论，他自题为《老实话》，以及中国的种种译名都含着"老实话"的意思，却可见无论中外，大家都在要求着"老实话"。贝尔纳斯自题这样一个书名，想来是表示他在做国务卿办外交的时候有许多话不便"老实说"，现在是自由了，无官一身轻了，不妨"老实说"了——原名直译该是《老实说》，还不是《老实话》。但是他现在真能自由的"老实说"，真肯那么的"老实说"吗？——那位美国客人的话是有他的理由的。

无论中外，也无论古今，大家都要求"老实话"，可见"老实话"是不容易听到见到的。大家在知识上要求真实，他们要知道事实，寻求真理。但是抽象的真理，打破砂锅问到底，有的说可知，有的说不可知，至今纷无定论，具体的事实却似乎或多或少总是可知的。况且照常识上看来，总是先有事后才有理，而在日常生活里所要应付的也都是些事，理就包含在其中，在应付事的时候，理往往是不自觉的。因此强调就落到了事实上。常听人说"我们要明白事实的真相"，既说"事实"，又说"真相"，叠床架屋，正是强调的表现。说出事实的真相，就是"实话"。买东西叫卖的人说"实价"，问口供叫犯人"从实招来"，都是要求"实话"。人与人如此，国与国也如此。有些时事评论家常说美苏两强若是能够肯老实说出两国的要求是些什么东西，再来商量，世界的局面也许能够明朗化。可是又有些评论家认为两强的话，特别是苏联方面的，说得已经够老实了，够明朗化了。的确，自从去年维辛斯基在联合国大会上指名提出了"战争贩子"以后，美苏两强的话是越来越老实了，但是明朗化似乎还未见其然。

人们为什么不能不肯说实话呢？归根结底，关键是在利害的冲突上。自己说出实话，让别人知道自己的虚实，容易制自己。就是不然，让别人知道底细，也容易比自己抢先一着。在这个分配不公平的世界上，生活好像战争，往往是有你无我；因此各人都得藏着点儿自己，让人莫名其妙。于是乎钩心斗角，捉迷藏，大家在不安中猜疑着。向来有句老话，"知人知面不知心"，还有"逢人只说三分话。未可全抛一片心"，这种处世的格言正是教人别说实话，少说实话，也正是暗示那利害的冲突。我有人无，我多人少，我强人弱，说实话恐怕人来占我的便宜，强的要越强，多的要越多，有的要越有。我无人有，我少人多，我弱人强，说实话也恐怕人欺我不中用；弱的想变强，少的想变多，无的想变有。人与人如此，国与国又何尝不如此！

说到战争，还有句老实话，"兵不厌诈"！真的交兵"不厌诈"，钩心斗角，捉迷藏，耍花样，也正是个"不厌诈"！"不厌诈"，就是越诈越好，从不说实话少说实话大大的跨进了一步；于是乎模糊事实，夸张事实，歪曲事实，甚至于捏造事实！于是乎种种谎话，应有尽有，你想我是骗子，我想你是骗子。这种情形，中外古今大同小异，因为分配老是不公平，利害也老在冲突着。这样可也就更要求实话，老实话。老实话自然是有的，人们没有相当限度的互信，社会就不成其为社会了。但是实话总还太少，谎话总还太多，社会的和谐恐怕还远得很吧。不过谎话虽然多，全然出于捏造的却也少，因为不容易使人信。麻烦的是谎话里掺实话，实话里掺谎话——巧妙可也在这儿。日常的话多多少少是两掺的，人们的互信就建立在这种两掺的话上，人们的猜疑可也发生在这两掺的话上。即如贝尔纳斯自己标榜的"老实话"，他的同国的那位客人就怀疑他在用好名字骗人。我们这些常人谁能知道他的话老实或不老实到什么程度呢？

人们在情感上要求真诚，要求真心真意，要求开诚相见或诚恳的态度。他们要听"真话"，"真心话"，心坎儿上的，不是嘴边儿上的话，这也可以说是"老实话"。但是"心口如一"向来是难得的，"口是心非"恐怕大家有时都不免，读了奥尼尔的《奇异的插曲》就可恍然。"口蜜腹剑"却真成了小人。真话不一定关于事实，主要的是态度。可是，如前面引过的，"知人知面不知心"，不看什么人就掏出自己的心肝来，人家也许还嫌血腥气呢！所以交浅不能言深，大家一见面儿只谈天气，就是这个道理。所谓"推心置腹"，所谓"肺腑之谈"，总得是二三知己才成；若是泛泛之交，只能敷敷衍衍，客客气气，说一些不相干的门面话。这可也未必就是假的，虚伪的。他至少眼中有你。有些人一见面冷冰冰的，拉长了面孔，爱理人不理人的，可以算是"真"透了顶，可是那份儿过了火的"真"，有几个人受得住！本来彼此既不相知，或不深知，相干的话也无从说起，说了反容易出岔儿，乐得远远儿的，淡淡儿的，慢慢儿的，不过就是彼此深知，像夫妇之间，也未必处处可以说真话。"人心不同，各如其面"，一个人总有些不愿意教别人知道的秘密，若是不顾忌这些个，怎样亲爱的也会碰钉子的。真话之难，就在这里。

真话虽然不一定关于事实，但是谎话一定不会是真话。假话却不一定就是谎话，有些甜言蜜语或客气话，说得过火，我们就认为假话，其实说话的人也许倒并不缺少爱慕与尊敬。存心骗人，别有作用，所谓"口蜜腹剑"的，自然当作别论。真话又是认真的话，玩笑话不能当作真话。将玩笑话当真话，往往闹别扭，即使在熟人甚至亲人之间。所以幽默感是可贵的。真话未必是好听的话，所谓"苦口良言"，"药石之言"，"忠言"，"直言"，往往是逆耳的，一片好心往往倒得罪了人。可是人们又要求"直言"。专制时代"直言极谏"是选用人才的一个科目，甚至现在算命看相的，也还在标榜"铁嘴"，表示直说，说的是真话，老实话。但是这种"直言""直说"大概是不至于刺耳至少也不至于太刺耳的。又是"直言"，又不太刺耳，岂不两全其美吗！不过刺耳也许还可忍耐，刺心却最难宽恕；直说遭怨，直言遭忌，就为刺了别人的心——小之被人骂为"臭嘴"，大之可以杀身。所以不折不扣的"直言极谏"之臣，到底是寥寥可数的。直言刺耳，进而刺心，简直等于相骂，自然会叫人生气，甚至于翻脸。反过来，生了气或翻了脸，骂起人来，冲口而出，自然也多直言，真话，老实话。

人与人是如此，国与国在这里却不一样。国与国虽然也讲友谊，和人与人的友谊却不相当，亲谊更简直是没有。这中间没有爱，说不上"真心"，也说不上"真话""真心话"。倒是不缺少客气话，所谓外交辞令；那只是礼尚往来，彼此表示尊敬而已。还有，就是条约的语言，以利害为主，有些是互惠，更多是偏惠，自然是弱小吃亏。这种条约倒是"实话"，所以有时得有秘密条款，有时更全然是密约。条约总说是双方同意的，即使只有一方是"欣然同意"。不经双方同意而对一方有所直言，或彼此相对直言，那就往往是谴责，也就等于相骂。像去年联合国大会以后的美苏两强，就是如此。话越说得老实，也就越尖锐化，当然，翻脸倒是还不至于的。这种老实话一方面也是宣传。照一般的意见，宣传绝不会是老实话。然而美苏两强互相谴责，其中的确有许多老实话，也的确有许多人信这一方或那一方，两大阵营对垒的形势因此也越见分明，世界也越见动荡。这正可见出宣传的力量。宣传也有各等各样。毫无事实的空头宣传，不用说没人信，有事实可也掺点儿谎，就有信的人。因为有事实就有自信，有自信就能多多少少说出些真话，所以教人信。自然，事实越多越分明，信的人也就越多。但是有宣传，也就有反宣传，反宣传意在打消宣传。判断当然还得凭事实。不过正反错综，一般人眼花缭乱，不胜其麻烦，就索性一句话抹杀，说一切宣传都是谎！可是宣传果然都是谎，宣传也就不会存在了，所以还当分别而论。即如贝尔纳斯将他的书自题为《老实说》，或《老实话》，那位美国客人就怀疑他在自我宣传；但是那本书总不能够全是谎吧？一个人也决不能够全靠撒谎而活下去，因为那么着他就掉在虚无里，就没了。

一九四八年二月二十四日作。

论 东 西

中国读书人向来不大在乎东西。"家徒四壁"不失为书生本色，做了官得"两袖清风"才算好官；爱积聚东西的只是俗人和贪吏，大家是看不起的。这种不在乎东西可以叫作清德。至于像《世说新语》里记的：

> 王恭从会稽还，王大看之，见其坐六尺簟，因语恭："卿东来，故应有此物。可以一领及我。"恭无言。大去后，即举所坐者送之。既无余席，便坐荐上。后大闻之，甚惊曰："吾本谓卿多，故求耳。"对曰："丈人不悉恭，恭作人无长物。"

"作人无长物"也是不在乎东西，不过这却是达观了。后来人常说"身外之物，何足计较！"一类话，也是这种达观的表现，只是在另一角度下。不为物累，才是自由人，"清"是从道德方面看，"达"是从哲学方面看，清是不浊，达是不俗，是雅。

读书人也有在乎东西的时候，他们有的有收藏癖。收藏的可只是书籍，字画，古玩，邮票之类。这些人爱逛逛书店，逛逛旧货铺，地摊儿，积少也可成多，但是不能成为大收藏家。大收藏家总得沾点官气或商气才成。大收藏家可认真的在乎东西，书生的爱美的收藏家多少带点儿游戏三昧。——他们随时将收藏的东西公诸同好，有时也送给知音的人，并不严封密裹，留着

"子孙永宝用"。这些东西都不是实用品，这些爱美的收藏家也还不失为雅癖。日常的实用品，读书人是向来不在乎也不屑在乎的。事实上他们倒也短不了什么，一般地说，吃的穿的总有的。吃的穿的有了，别的短点儿也就没什么了。这些人可老是舍不得添置日用品，因此常跟太太们闹别扭。而在搬家或上路的时候，太太们老是要多带东西，他们老是要多丢东西，更会大费唇舌——虽然事实上是太太胜利的多。

现在读书人可也认真的在乎东西了，而且连实用品都一视同仁了。这两年东西实在涨得太快，电兔儿都追不上，一般读书人吃的穿的渐渐没把握；他们虽然还在勉力保持清德，但是那种达观却只好暂时搁在一边儿了。于是乎谈烟，谈酒，更开始谈柴米油盐布。这儿是第一回，先生们和太太们谈到一路上去了。酒不喝了，烟越抽越坏，越抽越少，而且在打主意戒了——将来收藏起烟斗烟嘴儿当古玩看。柴米油盐布老在想法子多收藏点儿，少消费点儿。什么都爱惜着，真做到了"一粥一饭当思来处不易"。这些人不但不再是痴聋的阿家翁，而且简直变成克家的令子了。那爱美的雅癖，不用说也得暂时的撂在一边儿。这些人除了职业的努力以外，就只在柴米油盐布里兜圈子，好像可怜见儿的。其实倒也不然。他们有那一把清骨头，够自己骄傲的。再说柴米油盐布里也未尝没趣味，特别是在现在这时候。例如今天忽然知道了油盐有公卖处，便宜那么多；今天知道了王老板家的花生油比张老板的每斤少五毛钱；今天知道柴涨了，幸而昨天买了三百斤收藏着。这些消息都可以教人带着胜利的微笑回家。这是挣扎，可也是消遣不是？能够在柴米油盐布里找着消遣的是有福的。在另一角度下，这也是达观或雅癖哪。

读书人大概不乐意也没本事改行，他们很少会摇身一变成为囤积居奇的买卖人的。他们现在虽然也爱惜东西，可是更爱惜自己；他们爱惜东西，其实也只能爱惜自己的。他们不用说爱惜自己需要的柴米油盐布，还有就只是自己箱儿笼儿里一些旧东西，书籍呀，衣服呀，什么的。这些东西跟着他们在自己的中国里流转了好多地方，几个年头，可是他们本人一向也许并不怎样在意这些旧东西，更不会跟它们亲热过一下子。可是东西越来越贵了，而且有的越来越少了，他们这才打开自己的箱笼细看，嘿！多么可爱呀，还存着这么多东西哪！于是乎一样样拿起来端详，越端详越有意思，越有劲儿，像多年不见的老朋友似的，不知道怎样亲热才好。有了这些，得闲儿就去摩挲一番，尽抵得上逛旧货铺，地摊儿，也尽抵得上喝一回好酒，抽儿支好烟的。再说自己看自己原也跟别人看自己一般，压根儿是穷光蛋一个；这一来且不管别人如何，自己确是觉得富有了。瞧，寄售所，拍卖行，有的是，暴发户的买主有的是，今天拿去卖点儿，明天拿去卖点儿，总该可以贴补点儿吃的穿的。等卖光了，抗战胜利的日子也就到了，那时候这些读书人该是老脾气了，那时候他们会这样想，"一些身外之物算什么哪，又都是破烂儿！咱们还是等着逛书店，旧货铺，地摊儿吧。"

《抗战文艺》，一九四二年。

论 青 年

　　冯友兰先生在《新事论·赞中华》篇里第一次指出现在一般人对于青年的估价超过老年之上。这扼要说明了我们的时代。这是青年时代，而这时代该从五四运动开始。从那时起，青年人才抬起了头，发现了自己，不再仅仅的做祖父母的孙子，父母的儿子，社会的小孩子。他们发现了自己，发现了自己的群，发现了自己和自己的群的力量。他们跟传统斗争，跟社会斗争，不断地在争取自己领导权甚至社会领导权，要名副其实地做新中国的主人。但是，像一切时代一切社会一样，中国的领导权掌握在老年人和中年人的手里，特别是中年人的手里。于是乎来了青年的反抗，在学校里反抗师长，在社会上反抗统治者。他们反抗传统和纪律，用怠工，有时也用挺击。中年统治者记得五四以前青年的沉静，觉着现在青年爱捣乱，惹麻烦，第一步打算压制下去。可是不成。于是乎敷衍下去。敷衍到了难以收拾的地步，来了集体训练，开出新局面，可是还得等着瞧呢。

　　青年反抗传统，反抗社会，自古已然，只是一向他们低头受压，使不出大力气，见得沉静罢了。家庭里父代和子代闹别扭是常见的，正是压制与反抗的征象。政治上也有老少两代的斗争，汉朝的贾谊到戊戌六君子，例子并不少。中年人总是在统治的地位，老年人势力足以影响他们的地位时，就是老年时代，青年人势力足以影响他们的地位时，就是青年时代。老年和青年的势力互为消长，中年人却总是在位，因此无所谓中年时代。老年人的衰朽，是过去，青年人还幼稚，是将来，占有现在的只是中年人。他们一面得安慰老年人，培植青年人，一面也在讥笑前者，烦厌后者。安慰还是顺的，培植却常是逆的，所以更难。培植是凭中年人的学识经验做标准，大致要养成有为有守爱人爱物的中国人。青年却恨这种切近的典型的标准妨碍他们飞跃的理想。他们不甘心在理想还未疲倦的时候就被压进典型里去，所以总是挣扎着，在憧憬那海阔天空的境界。中年人不能了解青年人为什么总爱旁逸斜出不走正路，说是时代病。其实这倒是成德达材的大路；压迫的，挣扎着，材德的达成就在这两种力的平衡里。这两种力永恒的一步步平衡着，自古已然，不过现在更其表面化罢了。

青年人爱说自己是"天真的""纯洁的"。但是看看这时代，老练的青年可真不少。老练却只是工于自谋，到了临大事，决大疑，似乎又见得幼稚了。青年要求进步，要求改革，自然很好，他们有的是奋斗的力量。不过大处着眼难，小处下手易，他们的饱满的精力也许终于只用在自己的物质的改革跟进步上；于是骄奢淫逸，无所不为，有利无义，有我无人。中年里原也不缺少这种人，效率却赶不上青年的大。眼光小还可以有一步路，便是做自了汉，得过且过地活下去；或者更退一步，遇事消极，马马虎虎对付着，一点不认真。中年人这两种也够多的。可是青年时就染上这些习气，未老先衰，不免更叫人毛骨悚然。所幸青年人容易回头，"浪子回头金不换"，不像中年人往往将错就错，一直沉到底里去。

青年人容易脱胎换骨改样子，是真可以自负之处；精力足，岁月长，前路宽，也是真可以自负之处。总之可能多。可能多倚仗就大，所以青年人狂。人说青年时候不狂，什么时候才狂？不错。但是这狂气到时候也得收拾一下，不然会忘其所以的。青年人爱讽刺，冷嘲热骂，一学就成，挥之不去；但是这只足以取悦一时，久了也会无聊起来的。青年人骂中年人逃避现实，圆通，不奋斗，妥协，自有他们的道理。不过青年人有时候让现实笼罩住，伸不出头，张不开眼，只模糊地看到面前一段儿路，真是"前不见古人，后不见来者"。这又是小处。若是能够偶然到所谓"世界外之世界"里歇一下脚，也许可以将自己放大些。青年也有时候偏执不回，过去一度以为读书就不能救国就是的。那时蔡孑民先生却指出"读书不忘救国，救国不忘读书"。这不是妥协，而是一种权衡轻重的圆通观。懂得这种圆通，就可以将自己放平些。能够放大自己，放平自己，才有真正的"工作与严肃"，这里就需要奋斗了。

蔡孑民先生不愧人师，青年还是需要人师。用不着满口仁义道德，道貌岸然，也用不着一手摊经，一手握剑，只要认真而亲切的服务，就是人师。但是这些人得组织起来，通力合作。讲情理，可是不敷衍，重诱导，可还归到守法上。不靠婆婆妈妈气去乞怜青年人，不靠甜言蜜语去买好青年人，也不靠刀子手枪去示威青年人。只言行一致后先一致地按着应该做的放胆放手做去。不过基础得打在学校里；学校不妨尽量社会化，青年训练却还是得在学校里。学校好像实验室，可以严格的计划着进行一切；可不是温室，除非让它堕落到那地步。训练该注重集体的，集体训练好，个体也会改样子。人说教师只消传授知识就好，学生做人，该自己磨炼去。但是得先有集体训练，教青年有胆量帮助人，制裁人，然后才可以让他们自己磨炼去。这种集体训练的大任，得教师担当起来。现行的导师制注重个别指导，琐碎而难实践，不如缓办，让大家集中力量到集体训练上。学校以外倒是先有了集中训练，从集中军训起头，跟着来了各种训练班。前者似乎太单纯了，效果和预期差得多，后者好像还差不多。不过训练班至多只是百尺竿头更进一步，培植根基还得在学校里。在青年时代，学校的使命更重大了，中年教师的责任也更重大了，他们得任劳任怨的领导一群群青年人走上那成德达材的大路。

一九四四年六月九日作。